思念是最美好的憂傷

Missing you

如果我說我喜歡你，
有沒有可能，你也同樣喜歡上

暖男製造機
Micat 著

- 序 -

睜開眼睛，就能看見滿天的星光

一個甜甜的故事，希望捧著實體書看著這篇序的大家，會期待也會喜歡這次的小說。

寫序的此刻，再過兩天就要迎接全新的二〇一五年，而當這個屬於我們也屬於李芯微以及趙致風的故事以實體書的形式問世時，大約正是農曆歲末，大家一定正一邊忙碌著，並滿懷喜悅地等待農曆新年的到來。

正巧，這樣甜蜜的故事，搭配充滿喜悅的年節氣氛，如果能為你們帶來些許感動，那就太好了。

每一次，當故事化為實體書與大家見面，我都是如同第一本書出版時的心情，內心總是湧現難以形容的興奮與感動，即使許多年過去，自己寫下的故事陸續出版，這樣的興奮與感動始終沒有減少，因為這其中不僅包含了我對「Micat」這個筆名的堅持，也包含了更多更多大家給予 Micat 的支持。

一如往常，一定要在序或後記裡感謝很多人。

謝謝我最親愛的家人、Richard、親愛的朋友，以及每一位和 Micat 一起沉浸在故事中的你，還有我的編輯，謝謝！最愛你們！

在冷冷的天氣裡，我們就來個甜蜜又溫暖的故事，一起發現幸福吧。

Micat

「小微，下課要去哪裡？」坐在我隔壁位置上的靜薐早早收拾好桌上的課本，睜大了眼睛問我。

「沒有啊！」我闔上課本，把筆放進筆袋，「妳呢？」

「那一起吃過晚餐再回去？」

「好啊！」我點點頭，把課本和筆袋迅速地收進包包，「想吃什麼？」

「學校附近開了一家新的小火鍋店，去那裡吃，妳覺得怎麼樣？」靜薐挑挑眉，從口袋裡拿出一張印著「新開幕」三個字的宣傳單，眼神裡閃耀著某種光芒。

「妳早就想吃了吧！」

「當然，美食是逃不了我的法眼的。」

「是！美食狩獵者！」我皺皺鼻子，看著眼前的靜薐，突然覺得這位好同學兼好朋友真的很可愛。

「看吧！住在同一棟，就是有這個優點。」

大一入學報到時，學號在我前一號的靜薐排在我前面繳交資料，當時我就注意到這個很漂亮的同學。日後相處下來，更發現靜薐不僅長得漂亮，個性也很活潑開朗，加上直爽的性情讓人覺得很好相處，所以我們很快就成為了好朋友。不過，會和靜薐成為好朋友還有另一個原因，當時我們籤運極差，兩個人正好都沒有抽到宿舍床位，因此比起住在宿舍的同學們，我和靜薙好像又多了一份「革命情感」，到了大一下學期，靜薙整天喊著住在校外沒有室友十分孤單，於是託我詢問了房東，最後決定搬進我住的那棟大樓其中一間空套房，就在我的樓上。

「這樣多好，不會無聊，要是課表時間剛好，我們還可以共乘機車去上課耶！」

那時候，靜薙是這麼說的。

不過，大一下學期才開學不久，異性緣極佳的靜薙就接受了系上學長的告白，可想而知共乘機車的機會變少了一些，畢竟情侶間免不了偶爾會來個「溫馨接送情」……

「李芯微！」靜薙伸出塗著橘紅色指甲油的手指在我眼前晃呀晃，才將我從自己的世界拉了回來。

「啊？」

「妳在想什麼？」

「沒有啦！」我笑笑，「我在想，還敢提『共乘』……當初有人辛辛苦苦地搬家，說這樣住在外面有個照應，還說共乘多省機車油錢有的沒的……但是學期才開始沒多久，就有人被追走了呀！」我翻了白眼，故意消遣靜薙。

「唉唷！誰叫我親愛的男朋友這麼深情，我只好答應了嘛！」靜薙站了起來，用很撒嬌的娃娃音說著，還不忘拉了拉我的手，「吃醋囉？」

「開玩笑的啦！有個男朋友帥氣又深情，這是多少人羨慕的事，身為妳的好朋友，替妳高興都來不及！」

話是這麼說，雖然學長真的是女同學間公認的帥哥，但是外型甜美亮眼的靜薙也是許多男同學心目中女神等級的，他們兩人的組合，完全可以說是天造地設的一對。

「就知道小微對我最好。」

「知道就好囉！」我吐吐舌，「不過，關於用娃娃音說話這件事，妳留著和學長撒嬌用就好，害我雞皮疙瘩掉一地了啦！」

「好。」靜薙抿抿嘴，還很故意地對我眨了眨眼，「妳最好就這樣繼續嫌棄我的娃娃音啦！等妳遇到妳的那個他啊……」

「怎麼樣？」我站起身，背起了包包，看著靜薙。

「可別讓我聽到妳跟他說話的聲音比我更嗲一千倍喔！」

「哈！不會有這種事的。」

「妳這麼肯定？」靜薇滿臉的不以為然。

「肯定。」

「為什麼？」

「非常不搭啊！」

「那妳總會向爸爸媽媽撒嬌吧？」

「會啊。」靜薇向來是沒有得到滿意解答不會罷休，我只好耐心地回答。

「對嘛……」

「可是我也不會對爸媽用娃娃音撒嬌啊。」我皺皺眉，光想到那種畫面，就覺得十分不可思議。

「要是遇到了，也不一定就像妳說的這樣。就算不用娃娃音，也肯定會撒嬌的。」

「是這樣嗎？」我無奈地聳聳肩，「別忘了，在愛情中，我是很理性的。」

「遇到了，什麼都很難說。」靜薇仍堅持她的看法。

「好啦！我們快走，免得搶不到位置。」

「快六點了耶。」靜薇看了手錶一眼。

「嗯，我們快走。」抓起靜薙的手，我們直奔火鍋店。

因為是新開幕的店，加上折扣優惠，果然吸引了不少人潮。靜薙和我取了號碼牌之後，還等了半小時左右才有位置可以坐。

「真是期待。」我笑了笑，偷偷瞄了隔壁桌的火鍋，看起來很美味的樣子。

「是啊！趁著現在開幕打折，一定要先來嚐嚐看。」

「可惜，如果妳親愛的宣宇學長可以一起來，這樣三人同行就可以打八折了！」

我歪著頭，看著牆上印刷鮮豔的海報。

「他本來說要一起來的啊！可是教練臨時叫他們留下來練習，所以也沒辦法，之後有機會再約他吧。」

「嗯，我們先品嚐看看。」我把視線從鮮艷的海報移到靜薙臉上，「有妳這美食專家先來幫他評分，實在是太棒了。」

「好吃的話，他一定會來，到時候妳再跟我們一起，試試看不同口味的湯底。」

「沒問題。」我比了個手勢，表示自己的樂意。

因為難免擔心打擾靜薙和宣宇學長的約會，所以偶爾我會拒絕他們的邀約，避免成為他們約會時的「電燈泡」。但有些時候，在他們的熱情邀約下，我也會答應靜薙一起去吃個東西，學長也和靜薙一樣都是非常好相處的人，和他們一起其實還滿愉快的，儘管有時靜薙會很故意地抱怨有個「電燈泡」夾在他們之間，害他們不能太放肆地卿卿我我。

事實上，我知道靜薙的嚷嚷只是玩笑。她曾說過，她高中時的男朋友非常不喜歡和她的朋友一同聚會，所以他始終和靜薙的姊妹淘不熟，因此每當靜薙看到有些同學的男友樂意和女朋友的朋友群往來，她總是很羨慕。

也許，宣宇學長能夠成功追到靜薙，原因之一就是他很隨和大方吧！

想著，沒多久，服務生便送上了我們的餐點。我把食材肉品小心地放進湯鍋，靜薙也很豪邁地把自己的食材全部丟進湯鍋，兩個人滿心期待今天點的火鍋能讓自己驚艷，都像個專業饕客一樣邊聊邊盯著自己眼前的晚餐。

「好像很好吃耶！」靜薙期待地看著湯鍋。

「感覺很棒。」我點點頭，將湯鍋裡的蔬菜小心地往下壓，讓蔬菜整個浸在湯裡。

「同學，對不起！請問……」當我們正沉浸在美食的期待中，不知道什麼時候身旁站了一位服務生還有兩個身高很高的男孩，其中一個戴著黑框眼鏡的男孩臉上露出淡淡的微笑低頭看著我們。

因為他們突然出現，又突然莫名其妙地開口，我嚇了一跳，拿著湯匙的手不小心太用力了些，鍋子裡濃濃的牛奶湯溢了出來，爐火差點熄滅。

「啊？」

「小心！」那個說話的男生突然抓住了我的手，然後比服務生更俐落地將瓦斯爐開關關掉。

「好險。」我心跳加快，尷尬地笑了笑，看見坐在對面的靜薙似乎也露出了相同的笑容。

「同學，等一下再幫妳加點湯。」服務生帶著親切的笑，一邊用抹布快速地擦拭溢在桌上的湯汁。

「好，謝謝你，對不起喔。」我尷尬地笑了，又說了一句抱歉表達自己的歉意，然後向站在服務生旁邊的男孩說：「也謝謝你。」

「不會。」他聳聳肩，給了我一個微笑。

「對了，你們剛剛是要說什麼嗎？」靜薙的話，才讓我想到這個小插曲的開端。

「對啊！」我偏過頭看著眼前的兩位大男孩，「怎麼了嗎？」

「喔！因為我們球隊聚餐，這裡今天客人比較多，所以我們想問問方不方便和妳們併桌……」

「所以？」

「妳們介不介意把桌子移過去一點？」

「喔，可以呀！」大概懂了他們的意思，我覺得還好，於是點了點頭，和靜薙一起站起身。

「所以我們要怎麼移動桌子？」靜薙指指桌子。

「這交給我們就好了，只是，這樣一來，妳們和我們的距離會比較近一點，應該沒關係吧？」

靜薙看了我一眼，然後回覆了另一個男孩的問題，「沒關係，不然也沒有別的辦法吧？」

於是靜薙和我就乖乖地站在一旁，看著這兩個大男孩小心翼翼地輕輕挪動桌子，沒有多久的時間，就已經把他們聚餐所需要的座位都排好了。

「謝謝妳們。」

「不客氣。」我坐回自己的位置，再把瓦斯爐的開關打開，雖然被這樣的小插曲中斷了，但面對眼前的美食，我們的注意力很快地又回到了對小火鍋的期待中。

「還以為他們是來搭訕的呢！」靜薙俏皮地眨了眨她的右眼，小聲地說。因為併桌了，他們和我們的座位只距離不到十公分，用一般音量說話萬一被聽見就不好意思了。

「搭訕咧！」皺皺鼻子，我壓低了音量，「想很多耶！偶像劇看太多喔？」

靜薙不以為然，「那可說不定，搞不好就是想了這個藉口來搭訕。」

「妳肯定是想太多了，快吃吧！」我拿起筷子，從湯鍋夾一片火鍋料放進裝了沙茶醬的小碗裡。

「不過，我覺得剛剛那兩個人有點眼熟。」她挑挑眉，然後看了一眼正站起來與同行的同伴討論菜單的男孩。

「是嗎？」我往他們的方向看去，正巧戴黑框眼鏡的男孩也往我們這邊看了過來，害我尷尬地將視線移到靜薙臉上。

「對啊！好像在哪裡看過……」靜薙咬著筷子，認真地思考起來。

「別想了啦！八成因為他們都是帥哥，所有帥哥妳都覺得眼熟。」

「是這樣嗎……」靜薙還是陷入自己的思考中。

「別想了啦！快吃。」

「好……不過……搞不好這就是妳的艷遇。」靜薙仍圍繞著這個話題，但我的心思早已被眼前香噴噴的火鍋佔據。

「就算是豔遇，也不會是我的，而是妳的。」我白了她一眼，將火鍋料放進嘴裡。

「誰說的？」

「本來就是啊！我們林靜薙可是系上女神等級排名前幾順位的，不跟妳搭訕跟誰搭訕？」

「最好是，不過我倒覺得他是跟妳搭訕。」

「才怪。」我又夾了一片蔬菜。

「反正妳不要妄自菲薄就是了。」

「妄自菲薄？」

「對。」靜薙嘆了一口氣，「妳有妳的特別，那是我沒有的。」

「然後呢？」我點點頭，不忘把蔬菜沾上沙茶醬。

「然後……要對自己有信心一點。」

「好，我知道！不過啊，比起這個，我更知道的是，妳再不趕快吃，妳的湯都快蒸發掉了啦！」

「好啦！」靜薙用大湯匙舀了湯，放進湯碗中。

靜薙說的我懂，因為靜薙總是說我太沒自信，也總是說「李芯微有屬於李芯微的特別」。

每回聽見靜薙說我「妄自菲薄」時，我雖然並不非常認同，但也沒有多做反駁，我覺得靜薙只不過是想多鼓勵我而已。再說，我認為自己不是靜薙所說的妄白菲薄，應該說是比較清楚自己並不屬於亮眼的女生而已。

「真香耶。」靜薙滿足地喝了一小口湯。

「妳喝喝看牛奶鍋的湯。」

靜薙舀了一匙，儼然評鑑家似地品嚐，「真的不錯。」

「下次妳可以帶宣宇學長來囉！」

「嗯。」靜薙點點頭，看來這家新開的店倒是獲得了她的肯定，「其實……今天原本除了要來吃火鍋，還有另一件事……」

「什麼事？」

「本來他和球隊的幾個朋友說好要一起過來。」

「喔？」我瞇起了眼，突然覺得靜薙神祕兮兮的。

「因為……」靜薙賊賊地看了我一眼，好像在思考些什麼。

「因為什麼？」

「唉唷！」靜薙揮揮手，「乾脆直接問妳好了。妳知道阿彬嗎？」

「阿彬……」我開始回想這個阿彬是誰。

「就是常跟宣宇在一起的那個王紀彬啊……」

「王紀彬……紀彬學長？」

「嗯。」靜薙點點頭。

「知道啊！」我納悶地看著靜薙，實在搞不懂話題怎麼突然轉到紀彬學長身上。

「妳覺得他怎麼樣？」靜薙吃了一口火鍋料。

「什麼怎麼樣？」

「就是……妳覺得他長得好不好看啊！還有，覺得他是怎樣的人？」

「長得不錯啊！」我想了想，「這個問題不是白問的嗎？他跟宣宇學長並稱棒球系隊的兩大帥哥耶。」

雖然平常完全不覺得這些迷死人不償命的帥哥們和自己會有什麼瓜葛，但是系上這樣吸引女孩目光的傳聞，我多少還是有所聽聞。

「說是兩大帥哥倒是還好。」靜薤笑笑的。

「這是客套還是謙虛呀妳！」

「都有！」靜薤壓低了音量，「真要說帥的話，我倒覺得剛剛那個戴黑框眼鏡的才帥，唉唷！反正這都不是重點啦。」

我沒好氣地說：「所以重點是……」並且無奈地看著靜薤。

靜薤嘟起了嘴，一開始好像不知道該從何說起，想了幾秒才終於開口，「就是那天我們一起去唱歌，大家正好聊到妳啦！」

「然後？」

「他好像滿喜歡妳的耶！」

「什麼？喜歡我？」我驚訝地瞪大眼睛，隨後才發現自己的音量好像太大了些，看看四周，好在沒有引起其他人的注意，馬上壓低聲音，「妳是開玩笑的？」

靜薙搖了搖頭，「不是開玩笑的。」

「喔……」我停頓幾秒，終於想清楚靜薙的意思，「喔，我懂了，所以這次本來是妳和宣宇學長安排的『相親宴』？」

「沒錯。」

「林靜薙，妳很壞耶！」

「我是為妳好呀！再說我覺得阿彬人也很好……所以想介紹你們認識嘛。」

我瞪了靜薙一眼，用筷子揮了揮，「這樣很刻意耶！」

「對不起啦！不過阿彬好像也不想這樣，他說這樣感覺是把妳蒙在鼓裡，他認為不太好。」

「那還差不多。」我哼了一聲。

「妳看，由此可見，他完全是個貼心的好男孩啊！」

「管他貼不貼心，目前都與我無關。」

「李芯微。」靜薙睜大了眼睛看著我。

「快吃啦！妳自己不也常說緣分是天註定的？」

「是這樣沒錯，但也可以積極一點啊！」

我比了個「ＯＫ」的手勢回應靜薙，因為我嘴裡早就放滿了美味的食物，沒有辦法回答她。

「幹麼不談戀愛啊？」

「不是不談，是還沒遇見喜歡的人。」聳聳肩，我吞下滿滿的食物後，認真地糾正靜薙的說詞，「當然，真正要談戀愛也是要兩情相悅。」

「妳這麼不積極……」

「又沒關係，真愛一定會在該來的時候出現的。」

「這句話當然沒錯，但我倒是覺得，就算真愛出現，妳這麼不積極，也會被旁邊積極的人搶走。」

「到時候再說啦！」

「好啦！」靜薙吐吐舌，看來也不想再繼續說什麼話說服我。自從和宣宁學長交往，她就一直很積極地想幫我介紹好的對象，大概是因為希望以後出去約會時可以雙雙對對的。

有一次，和她談起高中時暗戀的那段時光，聽我說到當時只是默默暗戀沒有採取任何行動，她竟然氣到拍桌大罵。

在那之後，她就不斷提醒我，面對愛情一定要積極一點才行。她以自己的經驗為例，說她原本對宣宇學長的印象只是覺得他很帥，人好像不錯，後來才被宣宇的主動與積極所打動。

靜蕥說的，其實我非常認同。

主動積極的人，不只在愛情方面，做任何事情肯定都比被動的人來得容易成功。然而，儘管知道這樣的定律，儘管很多時候都主動又積極，但一碰到愛情，卻不見得會有勇氣不顧一切去追求……

因為擔心被喜歡的人拒絕，始終無法鼓起勇氣，擔心喜歡他的這份心意不被珍惜，所以一直無法告白。

也許這就是人矛盾的地方吧。

高中時，我曾經暗戀班上的一位男同學，就因為個性的關係，完全不敢向對方告白，只默默期待有一天他也許會發現我對他不一樣的情感。但是直到要畢業了，他不但從頭到尾都沒察覺我的心情，畢業典禮當天，還和隔壁班的女同學在大家面前親吻，開心地宣布他們上大學之後就可以大方交往了。當時大家邊歡呼邊替他們鼓掌，而歡呼與鼓掌的一群人中，也包括了我。

那天回去之後，我躲在棉被裡偷偷哭了很久，爸爸媽媽還以為我是捨不得高中同學，不斷地安慰我，說以後一樣可以常和高中同學聯絡。

但他們都不知道，他們的女兒其實是受了傷。

和靜薙邊吃邊聊了好久，幾乎忘了時間，直到靜薙的手機響起，我們才發現已經過了一個多小時。

「怎麼了？」

「宣宇打來的啦！他說想到市區買雙球鞋，問我要不要陪他去逛逛。」

「嗯，他還真會算時間，我們正好差不多吃飽了。」

「對啊！所以我笑說他是不是在我身上裝了監聽器。」

「那你們約在哪裡？」

「妳往門口看。」

我疑惑地往門口看去，看見宣宇學長還戴著安全帽並且坐在機車上。他正巧朝我揮手，於是我也禮貌地揮了揮手，給了他一個微笑。

「也太甜蜜了吧。」我故意消遣靜薤。

「是啊！羨慕嗎？快談戀愛。」

「好啦！你們快去吧！」

「不過這樣妳就要自己走回住處了……」

「沒關係，又不是很遠。」我對靜薤笑了笑，要她放心，「今天吃大餐，走一走也好。」

「那我先去結帳。」

「不用啦！妳先去好了，別讓宣宇學長等太久，我等一下離開時再結帳就好。」

「那我回去再拿錢給妳。」

「嗯，妳快去。」我微笑著接過靜薤遞來的面紙，擦了擦嘴。

「那晚上見囉！」

「好，拜拜。」

揮揮手，目送靜薤離開，我把剩下半杯的紅茶一口氣喝完，然後站了起來，背起包包走向櫃台準備結帳。

但是，櫃台的服務生在未結帳的帳單當中找了好久，都沒有我們這一桌的，最後只好把已經結過帳的帳單也全部翻找過一輪，才找到我們的帳單，但確認是已經付過錢了。

也太詭異了吧！已經結帳了？這真的太詭異了點……

「可是……我們真的還沒買單耶！」抓了抓頭，我疑惑地看著服務生，「請問這些帳單是你處理的嗎？」

「只有這幾張是，因為另一個同事剛剛送外送了。」

我想了想，「會不會是新開幕太忙，弄錯了呢？」

「這兩桌的帳單是釘在一起的，應該不會錯。」服務生禮貌地笑了笑，一再表示他們的管理不至於犯下這種錯誤。

「可是……」

「同學，妳們這桌真的結過帳了……」從外頭走進來的服務生脫下安全帽，很有禮貌地微笑說著，是剛剛幫那兩位男孩併桌的服務生。

「結帳了？」

「對。」他將安全帽放在桌上，「是剛剛併桌的那個同學離開前順便結的。」

「戴黑框眼鏡那位？」

「嗯，他說加上妳們的一起算很划算，所以就一起結了。」

「是這樣啊。」

「對，所以是真的已經結帳了。」

我錯愕了幾秒，突然不知道該說些什麼，然後才開口，「那麼他有沒有留下電話？」

「倒是沒有。」

「喔。」我無奈地嘆了一口氣，正覺得這一切也太莫名其妙，這時服務生突然開口。

「對了，差點忘了。」

「嗯？」

服務生轉身撕下貼在冰箱上的便利貼，「他說這個交給妳。」

「喔……謝謝……」接過便利貼，向店員道謝後，我慢慢走出火鍋店。

站在火鍋店門口，我看了手中的便利貼，上面寫了幾個字。

只是小事情而已，別放在心上。也不用太感謝我。

小事情？太感謝？真是莫名其妙耶，我們又沒有要你付錢！

「他真的幫我們結了帳？」晚上，靜薙一回到住處，立刻提著兩碗燒仙草來敲我的房門。

「是啊！還留了一張莫名其妙的紙條。」我幫靜薙開了門之後，坐在和室桌前，將貼在上面的便利貼遞給靜薙。

靜薙大聲地將便利貼上的幾個字緩緩唸出來，最後突然叫了一聲，「我的天啊！」

「怎麼了？」

「風……對！他就是趙致風！」她指著便利貼右下方小小的「風」字，一副發現了新大陸的樣子。

「妳認識他？」

「誰不認識他啊！難怪覺得他面熟。」後面那句話，靜薙像是在自言自語。

「他是誰？」

「籃球校隊隊長啊，妳忘啦？之前去看比賽的時候，一旁的親衛隊不都帶了一張張海報，寫滿了什麼『小風學長加油』、『小風我愛你』的字嗎？」靜薙睜大了閃著光芒的眼睛看著我，「那時候我們不是也覺得隊長真的很強，還幫他加油喊到喉嚨痛？」

思考了一下，我終於想起這麼一回事。

我們學校的籃球校隊是幾所大學裡出了名的強大，之前和靜薙還是小大一，跟班上的同學一起去看球賽，那時確實被那位「小風學長」在球場的英姿吸住了目光，他在場上為我們學校連連投進幾個關鍵的三分球時，靜薙和我在場邊還拚了命為他加油鼓掌。

雖然自從上了大二之後我們兩個就沒再去看過球賽，但是大一時我們和班上的其他同學一樣，說是他的小小粉絲也不為過，只是這樣小小粉絲的行為非常理智，純粹只是在場邊遠遠幫他以及校隊加油而已，不至於像其他親衛隊那樣瘋狂。

原來今天那個男生就是「小風學長」。

「原來是他喔。」

「嗯，真是的，竟然沒認出這樣鼎鼎大名的人物。」靜薤無奈地嘆了一口氣，臉上的失望表情，像極了明明猜出樂透開獎號碼卻忘了去買樂透般惋惜。

「有這麼誇張的失望嗎？」

「是啊！」靜薤嘟了嘟嘴，把便利貼貼回和室桌上，「帥哥是大家都喜歡欣賞的，而且我們又曾經是他的粉絲。」

「小心我拍照起來，傳給宣宇學長看。」

「哈哈！」靜薤雙手合十地看著我，「別害我們鬧家庭糾紛。」

「好啦！」揮揮手，順手將桌上的花生倒進燒仙草裡。我舀了一匙，「真好吃。」

「是啊！宣宇也買了兩碗回去。」

舀起滿滿的粉圓，我又吃了一大口，「對了，我覺得那個趙致風……算術好像有點問題，不對，應該說他和他同伴的算術都有問題。服務生說他們結帳的時候還說一起結比較划算。不過妳想想，就算三人同行可以打八折，再怎麼划算，他們也是吃虧吧？」

靜薤想了想，「對啊，比兩個人的火鍋費用多付了些。」

「這不是算術有問題是什麼？」

「妳管這麼多，搞不好他們就是站在消費者的立場去思考，認為這樣才不會讓店家賺太多嘛……」

「但還是覺得笨笨的，他原本是想趁打折佔點便宜，結果反而多花了我們兩個的費用，只要想到就覺得很好笑。」

「搞不好他們只是找藉口請客。」

「幹麼請陌生人吃東西啊？」

「也許是要報答我們的恩情吧。」

「挪動桌子的恩情？」

「對。」

我噗哧地笑了出來，虧靜蕥想得出這奇怪的藉口，「雖然平白無故有這頓天上掉下來的晚餐也滿不錯的，但還是不喜歡欠人家錢的感覺。」

「所以？」

「所以，可能的話，我會把費用給他。」

靜蕥想了想，然後點點頭，「我認同。」

「乾脆明天就去他系上找他。」我放下湯匙，拿了一旁的紙和筆，計算今天吃飯的花費是多少。

「拜託，他大三了耶！大部分都是選修課比較多，又不一定遇得到。」

「也對……」我想了想，「啊！我知道了。」

「知道什麼？」

「球隊！」

「去球隊找他？」

「對。」

「好，明天第七節下課我們就去碰碰運氣。」

「沒問題。」

「啊！可是我明天下課後要去社團開會耶……」靜薙皺著眉，這學期她擔任社團重要幹部，有很多事情要忙。

「會到幾點啊？」

「可能會比較晚，因為要面試新的活動成員。」

「不然我自己去好了。」我嘆了一口氣。

「可以嗎?」

「當然可以啊!只是希望能夠順利找到他,因為無論如何我一定要把錢還給他。」我站起身,從包包裡拿出粉紅色零錢包,取出計算好金額的鈔票與銅板,小心翼翼地放進印了櫻桃小丸子圖案的夾鍊袋裡。

第二天,上完滿滿的七節課後,我其實有點疲累,想打消馬上奔去籃球場找趙致風的念頭。只是,一想到同樣疲累的靜薙還是認真地趕去社團開會,加上真的不願意欠一個陌生人錢,我將課本以及文具收一收之後,便踩著疲憊的步伐往籃球場走去。

往籃球場走過去時,遠遠地看見球員們正好練習告一段落,正站在教練面前專注地聽教練邊做動作邊解說。而籃球場邊的觀眾席上,也坐了不少女同學在觀賞籃球校隊練球。

我默默地站在場邊,和球隊的集合地點隔著一小段距離,努力地尋找趙致風的身影。果然,教練指導完畢,大家同聲喊了一句「解散」之後,就看見瘦瘦高高的他準備和其他球員一起走向休息室。

我快步地往他的方向走去，正準備喊他的名字時，正好看見一個應該是球隊經理的學姊貼心地遞給他一條大毛巾，他面帶微笑接過大毛巾，然後擦拭著臉上的汗水。

不知怎麼地，原本已經快步走向他，卻在看見眼前的場景時放慢了腳步，擔心自己這樣出現是不是太唐突了點，猶豫了幾秒，我緩緩地吸一口氣，最後還是喊出他的名字。

「趙致風！」我大聲地喊了一聲，不知道是因為音量太大，還是因為他的名字太響亮了些，當這三個字脫口而出，我發現回頭朝我看過來的不只趙致風本人，就連已經準備走回休息區的球隊經理也轉頭看我。更扯的是，我竟然感覺坐在觀眾席上的幾位同學也紛紛朝我的方向射來目光，不知道是不是自己想太多了。

「喔？」他疑惑地看著我，直到我走到他的面前，「找我？」

「對，還你錢。」

「筱菁妳先去忙吧！」原本他的神情有些疑惑，跟球隊經理說完話之後，立即換上了淡淡的微笑，「就只是特地來還我錢？」

「不然呢？」儘管因為身高的關係，我必須抬起頭看著他，卻還是不客氣地白了他一眼。

「便利貼上不是寫了嗎？只是小事情而已。」

「也許對你來說是小事情，但是對不想隨便欠人錢的我來說可不一定。」

「那沒多少錢，不用太在意。」

「金額的大小雖然不是重點，可是我想不想欠你錢也不該是由你個人單方面決定的吧。」

他抿抿嘴，不打算繼續說服我，「所以？」

「所以今天是要來還你錢的。」我無奈地嘆了一口氣。

「哈！以為妳是專程來看我練球的。」他的微笑增添了幾分很挑釁的神色，然後還欠揍地挑了挑眉。

「想得美。」我哼了一聲，看他一副自戀的模樣，我收起原本預計要稱讚他球技超群的客套，更決定不把自己和靜蕥曾經是他小小粉絲的事情說出口。

「我只是以為妳也是我的粉絲而已。」他笑得更故意了點，還不忘聳聳肩。

這人……是有讀心術？為什麼我才剛想完而已，他就說了這句話。

我瞇起眼睛，思考了幾秒，「我知道你的球技不錯，也知道你有數量龐大的親衛隊……」

「然後？」

「原以為你是個會打球又聰明的人，但這才發現完全不是這麼一回事。」

「怎麼說？」

「怎麼會有人笨到為了什麼划算不划算的問題，多付了兩個陌生人的費用，之後還沾沾自喜以為自己賺到的！」面對他不可一世的自負氣勢，我把心裡想的一口氣全說了出口。

他拍拍額頭，哈哈地大笑了起來，接著，眼角帶著笑意，低頭注視我，「妳是大二的？」

「嗯。」

「我說這位小學妹，妳是怎麼得知我覺得自己賺到還沾沾自喜啊？」

「這……你……」被他這麼一問，我突然啞口無言。

是啊！我是怎麼知道他沾沾自喜的？

不行，看他這討人厭的模樣，我非得想個理由不可！

「是服務生說你們很開心地表示要一起結帳，才把我和我同學的費用一起算進去的。」我突然想起服務生那天說的話，儘管覺得自己的說詞沒有一點說服力，但還是假裝理直氣壯。

他又仰頭哈哈地笑了笑，每一個笑聲都讓我覺得很欠揍。

「小學妹啊！需要說得這麼直接嗎？」

「只是實話實說罷了。」又哼了一聲，同樣給了他一個白眼，「好啦！不管怎樣，反正我已經自動打了八折，都計算好了，我拿給你。」

他沒有說話，臉上仍帶著那欠揍的微笑，微微地點點頭。

「等我一下……」我拿下包包，拉開拉鍊，翻了又翻怎麼也找不到，「麻煩幫我拿著一下。」

「喔。」他頗為貼心地伸出一隻手托住我的包包底部，靜靜地站在一旁看著我慌亂尋找的動作。

「到底在哪裡……」我喃喃自語地將包包裡所有的袋子翻遍，但就是找不到昨晚準備好的櫻桃小丸子夾鏈袋，於是我決定直接從零錢包拿出錢還給他。一樣是找了好久，竟然連零錢包都不在包包裡。

「怎麼了？」他低頭看我。

「好像忘記帶了。」我嘆了一口氣，下一秒又擔心起來，「該不會掉在剛剛上課的教室吧？」

「別緊張，再仔細找一找。」

「嗯……」因為他的話，我又重新仔細找了一遍，包包裡大大小小的袋子都翻過了，仍然遍尋不著，「我下次再還你好了，我先回去上課的教室找找看。」

「喂！」他突然拉住已經急忙轉身的我。

「對不起，我下次還你。」看了他一眼，我著急地背上包包。

他笑了笑，「妳誤會了，等我一下吧！我陪妳去找，給我三分鐘。」

「可是我……」

「等我一下。」他突然拍拍我的頭，給了我一個笑容，轉身往休息室的方向快快地跑去。

因為擔心是掉在路上，所以我們加快步伐前往教室的途中，還是稍微注意路邊有沒有夾鏈袋以及粉紅色零錢包的蹤影。只是，走到了文學院門口也完全沒有發現。

「裡面還放了幾張證件，希望不要弄丟。」

走在我身邊的他看了我一眼，「別擔心，先找找看再說。」

「嗯。」儘管我知道自己此刻的笑容一定很難看，還是禮貌地給了他一個微笑，「希望在教室裡。」

「會的。哪間教室？」

「這間。」走到教室後門，我小跑步跑了進去，直奔往剛剛坐的位置，抽屜也看了，地上也看了，依然沒有找到那個夾鏈袋以及我的零錢包。

看我失望地坐著，無奈地趴在座位上，他也在旁邊的位置坐下來，然後輕聲地安慰我。

「或者妳再想想，會不會根本沒有帶出門？」

聽了他的話，我重新燃起希望，努力認真地回想昨天晚上的情形。我和靜薤邊吃邊聊，裝好要還他的錢，依稀記得我在吃完燒仙草之後，還因為靜薤的提醒，將夾鏈袋和零錢包妥善地放進包包裡。

「應該有帶出門。」我嘆了一口氣。

「有帶出門……肯定？」

「對，肯定，因為昨天我和靜薤……喔，就是和我一起吃火鍋的那個同學，我們在房間吃完燒仙草時，我順便把要給你的錢裝進夾鍊袋，後來靜薤還提醒我把零錢包一起放進包包裡，免得忘記。」

「那今天……妳有花錢嗎？」

我趴在桌上，閉上眼，仔細地想，「有，和靜薤上課前順路在附近的早餐店買了早餐，當時是我付錢的，天啊！該不會是丟在早餐店？」

「等等，妳中午沒買午餐嗎？」他皺皺眉，想了一下後問我。

「中午……」我想了想，「中午是靜薤先付的錢，所以……我猜想可能真的丟在早餐店了。」

「有這個可能，那我們去那家早餐店看看有沒有開，要是沒有開，撥打看看招牌上的電話，說不定老闆已經先幫妳收著了。」

聽了他的建議，我又嘆一口氣，然後懶懶地坐起身，「也只能這樣了。」

「還是，妳如果累的話，我先幫妳去問問看？」他認真地看著我，清澈的眼神十分誠懇。

「我自己去就好了，反正回住處也是順路，真的找不到也只好先掛失證件了。」

我苦笑了一下，看向他認真又誠懇的眼神，於是也誠心地向他道了謝，「謝謝你，我先走囉。」

「喂，等等！我陪妳去。」

「不用啦！」我揮揮手，心想已經耽誤他太多時間，「太麻煩你了，你練完球也累了，反正我真的順路。」

「別囉嗦，走。」

「趙致風！」

「走吧！如果真的找不到，我再陪妳一起處埋掛失證件那些麻煩事。」

「可是……」正當我覺得太麻煩他而感到為難，手機鈴聲此刻正好響了起來，「我接個電話……」

「怎麼了？」可能是看我講完電話後表情變得怪怪的，他有點擔心地問我，「是昨天那個同學？」

「對，是靜薤，我們不用去找了。」我看了他一眼，後來又因為尷尬，故意迴避他的眼神。

「為什麼？」

「因為……夾鏈袋和零錢包都在她那裡。」

「喔，太棒啦！這樣妳可以放下心中的大石頭了。」

「嗯，」我點點頭，「謝謝你。」

「不過她有沒有說為什麼會在她那裡？」

「好像是早上買早餐的時候，我一把從包包裡拿出了夾鏈袋和零錢包……後來怕搞丟又把夾鏈袋放進零錢包，結果趕著上課，情急之下就順手塞進靜蕥的包包裡了吧！」

「找到就好。」他笑了笑，「現在應該安心了吧？」

「嗯，真的謝謝你。」

「只是小事情。」

「但是，又要下次才能還你錢了。」

「完全沒問題。」

「那……謝謝了，我先回去囉。」

「可是我肚子餓了。」

「啊？」我睜大眼睛看他，不懂他這突如其來的意思。

「而且，我們之間的恩怨還沒清完。」

「什麼恩怨？」

「我說可愛的學妹啊！」他搖搖頭，「今天有人千里迢迢地來說要還錢給我，又氣沖沖地指責我憑什麼單方面決定讓妳欠債，接著好像又笑我，說本來以為我是個很會打球又聰明的人……又說其實我很笨……」

「嗯……」我倒吸了一口氣，嘻嘻嘻地笑著。

「所以，這筆帳不該算清楚一點？」

「可是，」想想，雖然他剛剛這麼熱心幫忙我找零錢包的舉動確實值得鼓勵，不過，回歸到火鍋費用划不划算的話題，我還是覺得他真的很笨，「可是你這樣明明就是……」

「就是什麼？」他瞇起了眼，用滿滿威脅意味的眼神盯著我。

「就是……笨。」後面的一個字，我幾乎是用氣聲說的。

「學妹啊！」他故意往前站了一小步，好看的眼睛距離我更近了些。

「幹麼？」我別過臉。

「妳應該是個很衝動的人吧？」

「還好。」我皺皺眉。

「不然就是常常搞不清楚狀況，只照著自己的想法去……」

「去怎麼樣呢？」

「去『以為』的人。」他停頓了幾秒，也許察覺我一臉疑惑，於是又繼續說了，「意思就是，常常還沒搞清楚狀況就照自己的想法判斷所有事情。」

「哪有！」

「哪沒有？」他反問我。

我輕哼了一聲。

他緩緩地吐一口氣，「因為那家新開幕的火鍋店是球隊的特約商店，所以，在開幕期間，每個球員都有一次優惠，可以各自帶一位朋友同行免費，所以我們也沒有多花什麼錢。」

「是喔……」

「是的，自以為是的小學妹。」

「那，我和靜薙的帳單……」

「嚴格說起來，妳們可以算是免費的。」

我揮揮手，「那總共多少，我們付一半。」

他看了我一眼，「好，一半，大約給我一百五十元就好，再跟妳推辭下去，我知道妳一定不肯放過我的。」

「知道就好。」我伸出食指，在他眼前點了點。

「固執。」

「喂！你說什麼呀！」我皺了皺鼻子。

「我說肚子真的好餓，一起去吃晚餐吧！」他又突然像在體育館時那樣地拍拍我的頭，「反正妳現在也身無分文，但是總要填飽肚子的不是嗎？」

「誰說我身無分文，我可以先回住處等……」

「走吧！」沒有等我把話說完，他拉起我的手臂就往門口走去。

「妳沒吃過這家店吧？」他將一串牛肉串放在我的盤子裡。

我搖搖頭，「沒有。」

「這算是我們球隊的祕密基地，呃……也可以說是學校附近隱藏版的美食吧。」

他指了指店內的裝潢，「店內的東西都滿特別的，老闆也是個很有趣的人，只是他今天好像不在。」

「是喔……」我環視了四周，看見有一些很特別的擺設，店裡的裝潢確實十分有創意。

「菜單上的餐點，有幾項是老闆的創意料理，但是只有老闆在才有口福。」

「所以我今天吃不到囉？」我把目光從一個很特別的貓咪擺飾移回來，看著坐在對面的趙致風。

「沒口福無誤。」他認真地點點頭，「下次有機會再帶妳過來。」

「嗯……謝謝。」我給了他一個禮貌的微笑。我猜想，他所說的「下次」多半也只是客套話而已，而且，再怎麼想，我也不覺得自己下次還有什麼機會和眼前這樣的萬人迷約出來一起吃飯。

「對了，話說回來，昨天的事，一方面除了要謝謝妳們願意讓我們挪動桌子併桌之外……」

吃了一塊牛肉，我點點頭，輕輕地應了聲，「嗯。」

「主要是因為另一個隊友想認識妳同學啦！」

「真的假的？」我睜大眼睛，因為驚訝的關係差點嗆到而咳了咳。

「妳還好吧？」他貼心地將開水拿到我面前。

接過他遞來的開水，我喝了一口，「還好，你剛剛說的是真的嗎？」

「當然是真的。」

「大八卦耶！」

「原本他在便利貼上寫了想認識妳朋友的一些話，還留了電話的。」他點點頭，也咬了牛肉串上的一塊牛肉。

「可是便利貼上並沒有……」

「因為我們結帳並且寫好便利貼之後，看到她男朋友正在門外等她，所以我朋友就把紙條拿回來了。」

「那我看到的便利貼是你寫的？」

「嗯。」

「哇塞！這天大的八卦我可以告訴靜蕥嗎？」

「當然可以。」

「真的？你說的喔！」我看著他，再次確認，然後迫不及待地從包包裡拿出手機，「我現在就要先把劇情大綱告訴靜蕥。」

「哈！」

解開手機的鍵盤鎖，我賊賊地看了他一眼，「等一下！」

「怎麼樣？」

「你說的『朋友』，該不會其實是你自己吧？」

「妳的想像力會不會太豐富了點？」

「確定？」我湊近他，想從他眼神裡找到一絲絲的不對勁。

「妳不要再亂猜了。」他不客氣地敲了一記我的額頭，「我非常確定妳朋友不是我喜歡的類型。」

「拜託，我朋友可是很多男同學心目中的女神喔。」

「嗯哼。但是，真的不是我喜歡的類型。」

「所以你真的沒有騙我？」

「真的。」

「好，那我要先傳訊給靜蕥了。」

「有這麼急嗎？」

「就是這麼急，而且我一定要跟靜蕥道謝，我真是幸運，因為有她這個好朋友，連晚餐都可以半價。」我笑著把剛剛趙致風所說的一切，大致地傳訊息告訴靜蕥，可是等了一分鐘都沒等到她回傳訊息，於是我只好再次把手機放回包包裡，繼續享用眼前美味的晚餐。

「妳真的很有趣。」

我拿起筷子，夾了一口青菜放進碗裡，「你真的很愛隨便替人下註解耶！」

「喔？」

「一下又說我照著自己的想法去認為……」

「是『以為』。」他糾正。

我哼了聲，「一下又說我固執，現在又說我有趣。」

「難道妳不同意嗎？」

「一點都不同意。」我故意把每個字說得鏗鏘有力，以表達我的不滿。

「那就是妳還不夠了解自己。」

「趙致風，你認識我才不到幾個小時耶！怎麼可能了解……」我話說到一半，突然聽到包包裡傳來的手機鈴聲，「抱歉，我接個電話……」

然而，當我按下接聽，對方已經掛了電話。我想回撥，卻發現剛剛的來電並沒有顯示號碼。

「沒接到？」

「是啊，還以為是靜薙。」為了避免又漏接電話，於是我將手機放在桌上。

「對了，我好像還不知道妳的名字。」

「我的名字，」我咬了一口外皮香脆的炸豆腐，故意反問他，「對你來說，有必要知道嗎？」

「當然。」

我放下筷子，然後伸出了手，「我叫李芯微，你可以連名帶姓叫我，也可以叫我小微。」

「很高興認識妳，小微。」他笑得很好看，同時也伸出了手，煞有其事地和我握了握。

這個人，笑起來還真的很迷人呢。

「吃得好飽喔！」我滿足地說，與他並肩走在人行道上。

「下次老闆在的時候，妳就有機會嚐到他的招牌菜了。」

「嗯，真是期待。」我停下腳步，「我住的地方就在下下個路口而已，我自己走一走，散步回去就行了。」

「我陪妳吧。」

「不用啦！其實不遠，就在前面而已，十幾分鐘就到了。」

「不陪妳走回去也太沒紳士風度了吧。」

「你想太多了。」我皺皺鼻子，「你的紳士風度不用在我面前展現無妨。」

「不然要在誰面前展現？」

「你的親衛隊面前啊。」我想了想，「不過，如果有女朋友了，在親衛隊面前就收斂多一點，維持最基本的風度就好，只要在女朋友面前展現到極致。」

「這是什麼論調？」他沒好氣地說。

「一個『最棒男朋友』的論調。」我抿抿嘴，煞有其事地說。

「真是搞怪。」他嘖了一聲。

「不是搞怪，這不敢說是全天下女孩子的心情，但是肯定是大部分人的心聲。」

我停頓幾秒，「你想想，每個女孩當然都希望男朋友的體貼只專屬於自己，誰希望自己的男朋友對自己和對別人是無差別待遇的？」

「這我同意。」他想了想，「因為男生也是這樣的。」

「所以囉！我說得很有道理，對不對？」因為得到了他的認同，我竟然不自覺得意起來。

只是，幹麼要得意？他既不是教授，不會因為我的論點給我高分pass，也不是有獎徵答的主辦人，不會因為我答對題目而給我高額獎金。

所以，幹麼要得意？

「這麼聽起來，我猜，妳對男朋友的基本要求就是體貼？」

我想了想，抓抓頭，「倒是沒認真想過，不過潛意識裡也許是這樣想吧！」

「嗯……」

「體貼的人誰不喜歡？」

「也對。」他點點頭。

「唉喲！」我揮揮手，「不說了啦！我先回去囉！」

「我陪妳。」

「不用，真的……」

「走！」他拉起我的手臂，趁著綠燈亮起時拉著我走過斑馬線，直到走到對面的人行道才放開我。

「真的不遠，其實你真的真的不用陪我。」

「既然不遠，我就陪妳走去也沒關係。」

「問題是，那你等一下不就要一個人走回來？還要走到學校牽車……」

「別忘了我是籃球健將，這點路程不算什麼。」他雙手握拳，假裝跑步的樣子很搞笑，讓我忍不住笑了出來。

「但是……」我裝出神祕的語調，「前面那段路有個草叢……」

「嗯？」

我踮起腳尖，用食指指著他的臉，「我怕有歹徒垂涎你的美色，說不定會把你抓去當壓寨大王喔。」

「真的很可怕。」他扮了個鬼臉，然後低下頭看我，「那妳會來救我嗎？」

因為距離太近了，我突然覺得不好意思，往後退了一步，接著吞了一口口水，「不會。」

「妳也太沒良心了吧？」

「因為根本輪不到我去救，你的那群親衛隊一定會拚命把你救出來的。」

「就算事實是這樣，妳好歹也要假裝說會去救我吧？」

「不會。」我堅持，帶著微微的笑意往前走，「因為，這樣我就不用還你火鍋的費用了，剛剛那一餐的錢也可以一併賴掉。」

「真是狠毒。」他走在我身旁，無奈地抱怨著。

而走在他身旁的我，踩著輕快的步伐，和他一起往前走。

突然發現，好像因為有他陪伴而感到一絲絲的開心。

也許是由於這段無聊的路途多了一個聊得來的朋友可以說說話。

「到了。」我指著樓上。

「嗯。」他跟著我停下腳步。

「謝謝你。」抬頭看他，這才發現為什麼今天覺得他變得比較好看，原來他今天沒有戴昨天那副黑框眼鏡。

「幹麼盯著我看？」他挑挑眉，「還是我臉上有什麼？」

「難怪覺得你今天和昨天不太一樣，」我用手圈了個圈，放在眼睛前方，「原來是眼鏡的關係。」

「哈！昨天的黑框眼鏡是造型。」

「最好是。」我哼了一聲，低頭看見路燈將我們的影子拉得好長好長。

「好啦！我要上樓囉！謝謝你！」

「不客氣。」他帶著淡淡微笑點了點頭。

「啊！對了。」

「嗯？」

「我什麼時候再拿錢給你？你明天要練球吧？」

「要是要，不過不用特地跑一趟。」

「不行，我不想欠……」

「不想隨便欠陌生人錢對吧？」

「對。」因為他的話，我笑了。

「給我。」

「什麼？」先是看了他大大的手一眼，我疑惑地仰頭看著他。

「手機。」

「為什麼？」儘管滿肚子疑惑，我還是聽話地從包包裡拿出手機，「這……你要幹麼？」

他接過手機，滑開後進入輸入密碼的畫面，要我幫他輸入之後，他又認真地在手機上按了按。然後，我聽見他口袋裡傳來短暫的手機鈴聲，「我用妳的手機打我的電話，也輸入通訊錄了，之後想還我錢的時候再打電話給我就好。」

「你就會出現？」

他抿抿嘴，「是。」

「到府收錢？」

「是。」

「好善良的債主。」

「貼心吧？」

「還不錯。」我比了個「讚」的手勢，「謝謝你這位善良的債主，不但不怕被欠債，還給我這個債務人這麼高規格的待遇。」

「別客氣。」他將手機還給我，然後哈哈地笑了。

「笑什麼呀？」

「真不知道該說妳是單純還是偶像劇看太少。」

「什麼意思？」

他哈哈地像是止不住笑意一般笑著，最後終於停下來看著我，「以後要是有其他男生像我剛剛那樣，千萬別再傻傻地把手機拿給他。」

也許看我一臉疑惑，他又笑了，「因為這是向女生要電話的入門方法。」

經他這麼一說，我恍然大悟，也笑了，「所以你也是變相地向我要電話囉？」

「妳覺得呢？」

我哼了一聲，「八九不離十吧！」

「這麼有自信？」

「只是稍微滿足一下自己的虛榮心，」我揮揮手，「再說，你怎麼需要跟女生要電話嘛……」

「怎麼這麼說？」

「像你這樣受歡迎的人，選擇這麼多，」我瞇起了眼，很故意地消遣他，「就算喜新厭舊，女朋友一個換一個，應該還是不會淪落到跟我要電話的地步。」

「李芯微，妳真的很沒自信耶！」

「剛剛才說我有自信，現在立刻又說我沒自信。」我哼了一聲，從包包裡拿出鑰匙，「好啦！剛剛是開玩笑的啦，我要上樓囉！謝謝你。」

「嗯，晚安。」

「晚安。」我將磁卡放在大門旁的感應器前，大門「嗶」的一聲打開。

「喔！對了。」

「嗯？」我轉身看他。

「妳朋友不是幫妳安排了相親宴嗎？我覺得多認識幾個異性朋友也不錯。」

「是嗎？」我笑了，隨即想起這句話的詭異之處，「不對！你怎麼知道靜薤幫我安排了什麼相親宴？」

他笑而不答。

而在我陷入滿滿疑惑的同時，最後猜到了，「喔！原來萬人迷趙致風先生是竊聽狂喔！」

他一樣只是笑。

我往前走一步，抬起頭看他，「竊聽狂。」

他拍拍我的頭，「我不是竊聽，是併桌後距離太近，妳們講的話，我和朋友都聽得一清二楚。」

「太過分了。」我小聲地抱怨，然後在腦中快速地回想當時我們有沒有說出什麼不該說的話。

應該沒有才對。

「別生氣。」他微微地笑著，「只是不小心聽到而已。」

「好啦！真的要上樓囉！」我揮揮手，「再見。」

「再見。」

「對了！趙致風。」

「嗯？」

「謝謝你今天帶我去吃了隱藏版美食。」

「哈哈！別客氣。」

「還有，別說我沒提醒你，待會兒路過那個草堆……嘿嘿……」我挑挑眉。

他哈哈地笑了兩聲，「等我當了壓寨大王，就立刻把妳抓進山裡。」

「最好是。」

「一定要抓妳去陪我的。」

「真狠。」

「好啦，拜拜！妳先進去吧！等妳上樓我再離開。」

點點頭，我拉開大門，再淡淡地微笑著揮了揮手，「晚安。」

回到住處沒多久，靜薤正巧也回來了。她還沒回她房間，就直接來敲我的房門，把我糊塗地丟在她包包裡的零錢包還給我。

「呼。」我吐了一口氣，「還好在妳那邊，不然就麻煩了。」

「我也是在包包找筆袋的時候發現的，幸好今天開會時需要用筆，不然可能一直躺在我的包包裡，雲深不知處。」

「是啊！今天真的超擔心的，沿途都找不到，到教室也沒有看見，當時超緊張的。」我苦笑了一下。

「還好。」

「對啊，而且妳知道嗎？雖然現在想想其實還好，但是當時我在體育館叫住趙致風，整個很有氣勢地要還他錢卻遍尋不著時，真的超糗的。」

「什麼？」靜薤睜大了眼睛，「妳說妳已經站在他面前，才發現準備好的錢不見了喔？」

我皺皺鼻子，「夠糗吧！後來說他算術不好有的沒的，結果沒想到是火鍋店給了校隊額外的折扣優惠，反正就是很烏龍。」

「然後呢？然後呢？」也許因為對方是趙致風，靜薤對事情的發展非常感興趣。

「然後他就陪我沿路找回教室。」

「哇塞！李芯微，超酷的耶！」

「是超丟臉。」我糾正靜薤的說法。

「拜託，是幸運。」

「太誇張了吧！」我翻了白眼，覺得靜薤真的很誇張，「而且實在是超巧的，正當我們在討論要掛失證件，妳就打電話來了，真是心有靈犀。」

「當然囉！」靜薤聳聳肩，「好朋友當假的喔。」

「不過當下真的覺得自己很搞笑，接到妳的電話後，有那麼幾秒，我還在猶豫該不該告訴他真相，原本想，這麼丟臉的事情就雲淡風輕地讓它悄悄過去，後來覺得他沒有功勞也有苦勞，才決定告訴他的。」

「是喔？」

「是啊。對了！忘了跟妳講那個八卦。」

「喔，對！那是怎麼一回事？」

「就是趙致風的朋友啊……」

「志恒學長？」

「妳知道他的名字？」

「當時就覺得眼熟啦！尤其知道寫了便利貼的人是小風學長之後，立刻想起他就是志恒學長啦。」

「嗯。」

「所以是怎麼一回事？」

「事情大概就是訊息中告訴妳的那樣，但是重點是，他的那個朋友志恆學長，其實是想認識妳，原本還寫了一張便利貼，好像是要表示想認識妳之類的，還留了自己的電話號碼。」我停頓幾秒，「後來正好看見宣宇學長在門口等妳，他朋友才把便利貼拿走了。」

「原來是這樣。」

「嗯。妳口中說的帥哥也想認識妳呢！」

「好可惜喔……」靜薙裝作很誇張的樣子，還長長地嘆了一口氣，「可惜我名花有主。」

「見異思遷啊？」我挑挑眉。

「倒是沒有，志恆學長很帥，外型也是我喜歡的類型，而且聽說他也是個很好的人，老實說，要是沒有宣宇的話，也許我會考慮喔！」靜薙用手指甩甩髮尾，很俏皮的樣子。

「所以妳的意思？」

「不過既然有了宣宇，大明星來我也不會考慮。」

「是這樣嗎？」

「當然。」靜薙點點頭，非常認真，「因為他不見得比宣宇適合我。」

我點點頭，不但非常認同靜薙所說的話，也了解為什麼靜薙會這麼說。

靜薙在高中時期曾暗戀過一個很帥的男同學，告白成功後，靜薙說當時她因為擁有了一個讓人羨慕並且自己又很喜歡的男朋友，覺得自己非常幸運與開心，但是後來交往了一陣子，才發現其實兩個人一點也不適合，最後也由於吵架吵得凶，落得分手的結果。

所以，現在靜薙會這麼說，我想我真的懂。

畢竟，人總會在愛情的路上幾番跌跌撞撞之後，獲得一些任何人也搶不走的愛情經驗值。

只是，有的人透過這些經驗值，更懂得自己要的是什麼，有些人卻需要更多的跌跌撞撞來學習。

像是靜薙，在經歷高中她自認為失敗的愛情，更懂得她自己想要什麼型態的愛情，所以更珍惜身邊的宣宇學長。而我，在選擇默默地喜歡、選擇不積極追求後，最終只能遠遠祝福那個男同學，就算下次遇到喜歡的人，我也不見得會有那個勇氣去積極追求屬於自己的愛情。

「宣宇學長也是別人眼裡的極品耶！」

「沒錯沒錯！」靜薙滿意地點點頭，「對了，那後來呢？」

「喔……後來他很好心，知道我身無分文，就帶我去吃一家隱藏版的美食。那家店滿特別的，在四街的小巷子裡，食物都很好吃，不過趙致風說老闆有些拿手好菜更棒。下次我帶妳去。」

「天啊！妳跟他共進晚餐？」

「嗯。」我點點頭，但是看見靜蕥一副賊樣，我立刻撇清，「只是普通的吃飯而已，他是同情我身無分文。」

「天啊！完全是豔遇無誤。」

「妳太誇張了啦！」

「吃完飯之後呢？」

「他就陪我走回來，這樣。」

「好羅曼蒂克的夜晚。」

「是烏龍盡出的夜晚。」我一個字一個字強調。

「欸，小微……」靜蕥坐直了身子，認真地問我，「那，老實說，妳有沒有覺得他真的長得很好看呀？」

「呃……」

「這需要思考這麼久嗎？」

我想了想他的臉，想了想他說話的樣子，又想了想他笑起來的模樣，「其實認真的說來，他確實有一張很迷人的帥臉。」

「嗯，然後？」

「不過，一開始因為他很狂妄又很自負，覺得有點欠揍。」我思考了幾秒，「但是從他開始幫我的忙，陪我找了好久的零錢包，後來又一起吃了一頓飯，相處過後，他也沒那麼欠揍跟討厭了。」

「加分？」

看靜薌好像期待著什麼的樣子，我拉了拉靜薌的頭髮，「別想太多，他的分數不是由我來打的。」

「喂！李芯微！幹麼這麼說！」

「實話實說啊！從純欣賞的角度想，他真的不錯，但我不會列入考慮的。」我比出了食指，在靜薌的眼前晃呀晃。

「為什麼？」

「第一，喜歡那種光芒四射的人，失望的機率肯定很高，因為競爭者太多。」

「李芯微！」靜薌瞇起了眼，一副「妳又來了」的表情，瞪大了眼睛瞪著我。

「第二，那種萬人迷，因為選擇多，根本不會注意到我這種小草。」

「李芯微！」這次，靜雍握起了拳頭，在我眼前揮舞。

「第三，綜合以上兩點，一開始趁著還沒跌進去盡量閃遠一點，小心為妙。」

「妳真的很討厭耶！李芯微！」

「哈！如果不小心跌進去，到時候我哭哭啼啼跑來找妳，哭訴我失戀的心情，妳會覺得更討厭！」

「唉唷！但是我的第六感就是告訴我，今天是你們好的開始嘛……」

「今天的相處狀況是還不錯啦！他也對人很好，不過這並不代表什麼，他應該本來就是一個滿體貼的傢伙。」

「嗯。」

「所以囉！別想太多。」

「可是……喔！手機響了。」靜雍停住講到一半的話，指著我放在桌上的手機。

我拿起手機，看到通訊程式裡有訊息傳來，傳訊者的暱稱是「帥小風」。

我回到家了，還好沒被抓去當壓寨大王，所以妳也別擔心被抓了。

看完訊息，我噗哧地笑了出來，靜薙也好奇地把手機搶過去。在聽過我解釋壓寨大王的緣由之後，她也笑了，只不過，她的笑裡還有顯而易見的意味。

「看來他不只好看體貼，好像也滿幽默的。」

「是還滿好笑的。」我想了想，邊回答靜薙，邊傳了一個貼圖過去。

不過後來他沒有再回傳，於是繼續和靜薙聊天聊了一會兒，直到靜薙和我都連連打了好幾個呵欠，才結束今晚的聊天聚會。

靜薙離開不久後，我去洗了個舒服的熱水澡，然後窩在床上，隨便看了一個有趣的電視節目。

我突然想起趙致風的訊息。

於是，我拿起手機，打開通訊程式的聊天畫面，找到了和他的對話視窗，發現剛剛一直顯示為未讀的訊息，已經轉為已讀。

原想傳個「已讀不回」的貼圖給他，但是明明已經找到「已讀不回」的貼圖，正準備按下貼圖的手指又停下來，隨即覺得自己好像不該這麼做。猶豫了幾秒，我決定放下手機，不要再想這件事。

我關掉電視，順手關了燈，告訴自己時間不早了，還是乖乖睡覺比較實在。然而，在我拉起棉被閉上眼睛的那一刻，說巧不巧，我的手機鈴聲響了起來。

咦？這麼晚了，是誰呢？

我抓起一旁的手機，看了一眼來電顯示，帥小風……

我嘖了一聲，發現這個傢伙還真不是普通自戀，儘管他確實很有資格自戀，只是這樣不假修飾的自戀舉動也未免太狂妄了些。

「喂？」

「喂，睡了嗎？」電話那頭傳來他的聲音，也許因為怕打擾我的睡眠，所以音量稍微壓低，而且聽起來有點溫柔。

「即將。已經躺在床上了。」

「幸好，深怕吵到妳。」

「不會啦！睡覺前我會把手機轉靜音的，所以不會被吵到。」

「嗯，那就好。」他停頓了一下，「不對啊！既然是靜音，那為什麼現在會接電話？不是已經準備睡了？」

「正準備關機，你就打電話來了。」我隨口胡謅。

「是這樣嗎？」

「當然。」

「還是因為看我沒回訊息，有點睡不著？」他的語氣裡帶著笑意。

「最好是啦！話說你真的是自戀到不行耶！誰准你在我電話通訊錄把自己的顯示名稱輸入成什麼帥小風。」

「這不是事實嗎？」

「就算是事實，也不必這樣吧！」

「等等，所以妳的意思是妳內心也覺得我帥囉？」

「對！很帥！帥到爆的帥。我要是說不覺得你帥，那不是我眼光有問題，就是我整個太矯情。」我嘆了一口氣，「但是，你帥歸帥，這樣過度地自信與狂妄卻誇張得很欠打。」

「哈哈！」

「說了這麼多，你打電話來的用意，不是單純要展現你討人厭的自戀吧？」

「當然不是，我是怕妳看我已讀不回會擔心得睡不著覺。」

「放心，我沒有中這種看了已讀不回就會焦慮的毒，所以你不用擔心。」

「那就好。」

「那……我要睡囉？」

「嗯，好的，晚安。」

「晚安。」我覺得莫名其妙，準備放下手機，同時又隱隱約約聽到他「喂」了一聲，「怎麼了？」

「其實是想說，我很高興真正認識妳。」

「真正？」

很高興「真正」認識我？我有聽錯嗎？

「嗯，真正。」

「什麼意思？」

「以後妳就懂了。」

「喔。」對於「真正」這兩個字感到很納悶，但我還是隨口回應了一下，然後發現自己似乎因為他的話而有一點點開心。

「聽到了嗎？我說……」

「有。」

「妳呢？」

「我？」

「嗯，也開心認識我這個人嗎？」

「滿開心的啊！」我沒有隱瞞，反正坦承內心的想法又沒什麼，所以選擇實話實說：「滿高興認識你的，還因為認識你，今天才有口福吃到隱藏版美食耶。」

「妳就只想到吃！」

「當然，這樣講，下次老闆在的時候，你才會趕快通知我，我才會有下一次口福，吃到老闆的招牌菜。」

「下次帶妳去，我不會食言的。」

「靜薙也一起，可以嗎？剛剛我告訴她的時候，她整個人超期待的。」

「可以呀！下次我們一起去。」

「真是期待。」

「好啦！妳快睡吧！」

「嗯……」我打了個呵欠，「那你要睡了嗎？」

「還沒有，還要繼續打報告。」

「報告？」我瞄了一眼和室桌上的夜光鬧鐘，「現在已經十二點多了耶！」

「沒辦法，最近練球佔了太多時間，明天就要交報告了，我得趕工一下。」

「趙致風，你是哪裡有問題啊！既然這麼趕，你現在還打電話來聊什麼天？」

「剛剛不小心睡著，想到自己沒有回妳訊息，擔心妳覺得我已讀不回很沒禮貌，所以立刻打給妳，竟然發現妳完全不在意。」

「嗯。」我輕聲地回應他，猶豫了一下，還是沒有老實說其實自己的確稍微偷偷地在注意他是否回訊。

「而且……」

「什麼？」

「而且我正好想到，忘了告訴妳，今天我真的很高興。」

「好啦！不耽誤你的時間了，你快去努力努力，明天要交的……」我抿抿嘴，再次因為這句話淡淡地開心著，不過就現實面的考量，我覺得自己應該快點催促他去完成報告才對，「應該沒問題吧？」

「頂多整晚不睡，我會努力的。」

「可是你幹麼拖到現在啊？」

「這是團體報告，我負責最後的統整，直到一個小時前才收到其他人寄來的完整資料。」

「真的不要再聊了，你加油吧！希望你快快完成，加油。」

「放心！就算真的整夜不能睡，明天上午三節課上完就沒課了，到時候再補眠就好囉！」

「喔。」明明是在講電話，我還是習慣性地點了點頭，「不耽誤你的時間了，你加油吧。」

「嗯。晚安。」

「晚安。」結束了通話，我將手機放在一旁。

原先的睡意在這通電話後彷彿消散了些。

而他的那句「很高興真正認識妳」，如同一個詭異的魔咒，不斷不斷地在我的腦海中播放。

「哇塞！很高興認識妳……也太浪漫了。」

「哪有什麼浪漫。」我打了個大呵欠，聽了這句像是詭異魔咒的話之後，昨天我到兩點多才入睡，現在才呈現這精神不濟的混沌狀態。

「那他問妳的時候，妳怎麼回答？」

「實話實說。」我聳聳肩，把安全帽放進機車置物箱裡，再重新綁好鬆掉的馬尾，「因為覺得這個人相處起來感覺滿不錯的，所以就坦白告訴他了，反正又沒什麼好隱瞞的。」

「嗯，也對……」靜薙也把安全帽放進機車置物箱，蓋上機車坐墊，「但已讀不回那件事情，妳反倒沒老實說。」

因為距離上課還有一些時間，鎖上了機車，我和靜薙慢慢地走出停車場。我吐吐舌，「不僅沒有老實說，還裝瀟灑地告訴他，我並沒有中這樣的毒。真搞不懂自己在幹什麼。」

「哈，愈在意的事，就愈不想讓別人看透。」

想了一下，最後我點點頭，「也許吧！不過昨天也只是不明白為什麼他已讀卻沒有回覆而已，並沒有想太多。」

「但是妳因此連要睡了也沒把手機調成靜音？」靜薤挑著眉問我，她很清楚我睡覺時會把手機調成靜音的習慣。

「是呀……」我想了想，「不否認啦，也許是覺得他終究會回個訊息吧。」

「嗯？」靜薤笑笑的，「看來，這個萬人迷很受妳的重視喔！」

「最好是啦！」我瞪了靜薤一眼。

「對了，所以妳今天要把錢還他嗎？」

「應該會吧！打電話碰碰運氣，但是記得他說今天只有三堂課，總之到時再聯絡看看吧。」我聳聳肩，「不然我們上完課再打電話給他，妳今天沒有約會吧？」

「再說囉，宣宇說今天練完球可能會去聚餐，行程也還不確定。」

「嗯，可以的話，我還是希望趕快把錢還給他。」

「幹麼這麼猴急，愈慢還他，妳跟他之間才能延續得愈久喔……」靜薤用肩膀碰了我的肩膀一下。

「喔！林靜薤，妳真的是想很多，心機又很重耶！我看宣宇學長根本是被妳這些小心機騙來的吧！」

「才不是，我們算是兩情相悅，天生一對。」靜薙甜甜地笑了，然後往我靠近了一點，縮短了與我之間的距離，「不過，當然偶爾還是要有一些小心機，才能讓他更愛我囉！」

看了一眼靜薙臉上甜甜的笑，我也笑了出來。

也許正是靜薙的「小心機」，才讓宣宇學長喜歡她喜歡得死心塌地，更或許是因為靜薙所說的，這些無傷大雅的「小心機」，才讓他們的愛情這麼甜、這麼令人羨慕吧！

「怎麼樣？都沒接嗎？」坐在我隔壁的靜薙好奇地問我。

「沒有，可能真的回住的地方補眠了。」我聳聳肩，把手機放回包包。

上完課之後，想問問趙致風是不是還在學校，如果還在學校，我正好可以和靜薙在回家前把錢還給他。教授宣布下課，同學們也已經陸續離開了教室，在靜薙的慫恿下，我撥了他的手機兩次，他都沒有接聽。

「可能是。」

「也許昨晚真的一夜沒睡。」

「好吧！那也只好這樣。」靜薤誇張地嘆了一口氣，「原以為可以趁這個機會和帥哥聊聊天呢。」

「嗯，搞不好他已經變成一隻貓熊了。」

「哈！妳很壞耶！就算變成貓熊，也是帥的貓熊……」

「貓熊還有分帥的和不帥的？」我站起身，「既然他沒接，我們就先回去吧！」

靜薤也站起了身，「只好這樣囉。」

於是，我和靜薤離開了教室，決定回住處休息，並且在路上隨便買個泡麵準備當作晚餐，省得晚上要再出門一趟。

沒想到我們走進停車場時，竟遇見了宣宇學長以及……阿彬學長。

當靜薤他們情侶二人正開心地演出相見歡的戲碼時，站在我面前的阿彬學長露出稍微靦腆的微笑，和我打了聲招呼，「嗨。」

「嗨，阿彬學長。」

「對了，妳們沒課囉？」宣宇學長親暱地牽著靜薤的手。

「對呀，小微昨天太晚睡，所以我們剛才順路買了泡麵要回家當晚餐，先休息一下，餓了再吃。」

「又吃泡麵喔？」

「哪有『又吃』，我們偶爾才吃一次好不好。」

「不然，趁練球前還有空檔……」阿彬學長看了一眼手錶，「先去學校餐廳隨便吃點東西怎麼樣？」

聽了阿彬學長的提議，還不餓的我原想直接拒絕，但是在我開口前，靜薤他們那對賢伉儷早已點頭如搗蒜地附和了這個提議。

於是，我們就這樣又走出了停車場，往最靠近停車場的學生餐廳前進。

沿途，靜薤當然是和宣宇學長牽手走著，而我和阿彬學長則像兩盞超亮的電燈泡，默默地跟在他們後面，雖然偶爾宣宇學長會拋出四個人一起討論的話題，但是當宣宇學長和靜薤又陷入他們的兩人世界時，我和阿彬學長就會再度沉默下來。

此刻，不知道阿彬學長和不熟稔的我走在後面，他心裡有什麼感覺或想法，但這時我卻因為不知道該說什麼話而尷尬。

真奇怪，我自認我李芯微並不是害羞或是很難聊天的人，但是為什麼這當下我居然尷尬到找不出討論的話題呢？

臭靜蕥，一定是因為她上次跟我說了阿彬學長喜歡我，才害得我現在不知道該如何是好。

「對了，那家新開幕的火鍋店好吃嗎？」

「啊？」被阿彬學長突如其來的問句嚇了一跳，稍稍回過神，我才做出了回應，「滿好吃的，那天我們點了麻辣鍋和牛奶鍋，兩種鍋都很不錯。」

「嗯。我和宣宇還沒吃過呢。」

「聽說那天你們本來要一起來的，結果……」

「是啊！非常不巧。」阿彬學長笑了一下，「可惜等一下要練球，不然我們就直接殺去吃。」

「還是我們今天找個藉口請假，別去練球了？」顯然聽到了我和阿彬學長的討論，宣宇學長往我們的方向看過來。

「我是無所謂。」

靜蕥拉拉宣宇學長的手，「那乾脆直接請假好了！」

「這樣會不會被教練……」我皺皺眉，看了靜蕥一眼。

「好呀！我今天想試試別的湯頭。」欠打的靜薙打斷我的話，還故意對我眨了眨眼，完全不理會我的暗示。

「呃……」阿彬學長低頭看著我，「可以嗎？或者，要是妳今天不想吃，我們就改天。」

「喔。」看著阿彬學長臉上認真的神情，我突然覺得，如果因為我的關係讓興致勃勃的三個人失望，好像有點說不過去，於是我停頓了幾秒，「不會啦……我是有點想睡覺，不過既然大家都想去，而你們又可以請假的話，那我們就去吧。」

「太棒啦！宣宇你們快打電話。」

趁著宣宇學長打電話請假的空檔，靜薙拉著我坐到一旁的涼椅上，「看吧！阿彬人很好吧！連妳臉上閃過一絲絲的猶豫他都懂，還體貼地幫妳找台階下。」

我皺皺鼻子，小聲地抱怨，「妳還敢說咧……明明就跟妳說我超想睡覺的，還故意這樣。」

「一起聚個餐又不會少一塊肉，再說，現在還是優惠期間，多吃才划算。」

「好啦！愈說肚子好像愈餓了，我迫不及待想趕快吃到，希望他們能夠請假成功。」

可能因為還在開幕優惠期間，火鍋店的生意一樣很好。我們四個人等了半個小時，服務生才來帶位。

等了一段時間，聞著火鍋的美味，覺得愈來愈餓，於是我們一坐定位，不到三分鐘就點好了餐，各自的火鍋一送來，我們就二話不說地直接開動。

「味道真的不錯。」宣宇學長吃了一口，做出評論。

他和靜蘊同樣是美食愛好者，靜蘊常說，也許正因為這個共同的嗜好，所以感情才能這麼好。

靜蘊撈過界地也舀了一口宣宇學長湯鍋裡的湯，「你的確實很香耶！」

「小微的……嗯，我可以跟靜蘊一樣叫妳小微嗎？」

「喔，當然可以。」我笑著點點頭，夾了一口冬粉放進嘴裡。

「那小微的好吃嗎？」

「好吃啊。」我點點頭，吃下的一口冬粉太燙了，我用手掌在嘴邊揮呀揮的，

「其實上次我也是點牛奶鍋。」

「對啊！小微，妳應該要換換口味，多嚐鮮嘛……」靜薙看著我，「這樣我們才知道其他口味怎麼樣。」

「可是除了一般的海鮮鍋，我就是喜歡牛奶鍋的口味嘛。」我笑了笑，「而且肚子真的好餓喔……所以不想多考慮，直接就點了牛奶鍋，下次再來試別的。」

「好！下次！」宣宇學長點點頭，「下次我們四個再一起過來。」

「沒問題。」阿彬學長拿起加點的凍豆腐，貼心地將盤子裡的凍豆腐平均分配在四個人的湯鍋裡。

「謝謝。」

席間氣氛漸漸熱絡起來，我們邊吃邊聊了將近兩個小時之久，才滿足地離開了火鍋店。

在吃飯的過程中，我發現自己尷尬的心理也漸漸煙消雲散，起初，因為靜薙和宣宇學長刻意的安排，總讓我覺得此刻狀況有那麼一點點像靜薙那天描述的「相親宴」，但是後來酒足飯飽了，開始天南地北聊起來，整個氣氛也變得更熱絡，和阿彬學長說話時也比較自然、比較不拘束了。

「買杯飲料好了。」

「好。」

飲料店排隊的人很多，我們四個站在飲料店前，又繼續天南地北亂聊，聽到阿彬學長講到之前和宣宇學長在比賽時鬧的糗事時，更是完全笑到不行。

「啊！我想買紅豆餅，你們要嗎？」靜薙看到對街的紅豆餅攤，又忍不住地提議，不過看我和阿彬學長興趣缺缺的模樣，她只好拉著宣宇學長一起過去。

「那家紅豆餅真的很好吃。」我笑笑地告訴阿彬學長，「我和靜薙常常去買，只是今天真的太飽了。」

「嗯，是啊！可是，以前有一次教練請客，買了一大堆紅豆餅，之後有一陣子我們看到紅豆餅都怕了。」

「真的喔？」

「對啊！記得宣宇那時候玩遊戲輸了，必須負責把剩下的十個紅豆餅當場吃完，他的那張臉才好笑，那次他一共吃了快三十個紅豆餅。」

想著阿彬學長所說的情景，我噗哧地笑了，「那你呢？那次你吃了幾個？」

「十三個。」阿彬學長抿抿嘴，露出相當無奈的表情，「過了大概半年左右，才重新會有想吃紅豆餅的慾望。」

他的話，又讓我笑了，「我能夠體會，我們高中的時候，有一次和同學去吃麥當勞，結果貪圖便宜全部的人都加大薯條，最後剩下一大堆，也是猜拳猜輸的人吃掉，當時吃得都怕了。」

「哈哈！我還以為只有男生會玩這種遊戲。」

「有時候，女生玩的遊戲才讓你們男生想像不到。」我挑挑眉，裝出一副很神祕的樣子。

「今天飲料店生意真好。」

「是啊！」我轉頭看了一下紅豆餅攤，「紅豆餅攤也是，你看靜萑他們前面都還有幾個人呢。」

「是啊！」他微微笑著，指著飲料店前的小桌椅，「妳會不會站得很累？要不要去椅子上坐一下？」

「喔，不會，吃太飽了，站一下比較好。」

「小微，妳現在看起來……」

「嗯？」

「感覺輕鬆多了。」

「嗯？」

「一開始，我原本以為是我的錯覺，後來想一想，猜測可能是我在的關係，讓妳不自在了點，對吧？」

他這麼開門見山，讓我愣了幾秒，原本想裝傻，結果還是決定坦白一切，「原來我這麼不會掩飾喔？」

「我沒這個意思，只是不希望妳因為我感到不自在。」

「阿彬學長，對不起啦！」看他這麼設身處地為我著想，我尷尬地苦笑了一下，「其實是我的問題，靜蕥上次跟我說了那個……」

「哪個？」

「……就那個相親宴，所以不怎麼自在，真的是我的問題。」我又擠出一個抱歉的笑容，「真的對不起。」

「原本想過，如果妳不想一起來吃火鍋是因為我也同行，我是可以想個藉口先離開的。」

「是喔……」

「不過幸好我沒有臨時打退堂鼓，否則我就沒機會站在這裡和妳聊天了。」

我又笑了，是帶著有點歉意的微笑，「都怪靜蕥啦！上次亂跟我說什麼你對我……唉唷，反正是我自己不夠大方，我為我的小氣巴拉跟你道歉。」

「我沒有在意啦。真的。其實我……」

阿彬學長後來說了什麼話，我並沒有聽清楚，因為正好對街有個高高的熟悉身影吸引了我的視線……

趙致風？趙致風！

啊！要還他錢！

「趙……」然而，我才開口，就沒有繼續說下去。

我看見有一個女孩手裡提著買好的食物走向趙致風，用很迷人的微笑和趙致風說了幾句話，然後接過趙致風遞給她的安全帽。他們各自戴上了安全帽，接著坐上機車，離開了我的視線。

「看到認識的人啦？」阿彬學長伸出他的大手在我眼前晃了兩下，才將我拉回現實中。

「喔，對，一個朋友。」

「看妳剛剛好像想叫他的樣子。」

「對呀！但他已經騎車離開了。」我苦笑了一下。

「你們在聊什麼啊？」靜薙吃了一口紅豆餅，加進我們的話題。

「聊妳這個愛吃鬼，明明吃飽了還要買紅豆餅。」

「最好是。」靜薙皺皺鼻子，「飯後一甜點，是多麼幸福的事情啊！」

「對，妳這個愛吃、會吃但是身材又好得不得了的美食評論者，不管說什麼都對。」我吐吐舌，對靜薙的消遣裡，帶了很多女孩間的羨慕之情。

「今天飲料店的生意也太好了吧！」宣宇學長看來是克服了紅豆餅的障礙，也吃得津津有味的。

「還有一號就輪到我們了。」我看了一下飲料店櫃檯上方的號碼燈，再看了一下手中的號碼牌。

「對呀……今天大家都想喝飲料就是了。」靜薙翻了翻白眼。

「也許吧。」我聳聳肩，盯著飲料店櫃台上方的號碼燈號，腦子裡卻不斷地浮現剛剛看到的景象。

也許是吃太飽了，再加上昨天太晚睡，精神過於疲累，一回到住處，我就坐在和室椅上，靠著椅背，隨意轉了電視來看。

可是儘管電視上播放著自己喜歡的綜藝節目，儘管綜藝節目今天討論的話題非常有笑點，我卻沒有被節目吸引，整個腦海都是今天晚上看見趙致風在對街的身影，以及後來那個笑容漂亮的女孩和他講了幾句話後兩個人一起離開的畫面。

那是他女朋友吧？還是普通朋友？他們是一起去買晚餐呢還是……

好多的疑問在我腦海中浮現，持續了好一會兒，我才打住了這些猜測。

想知道這些問題的答案，我可以直接問他就好。

只不過就算知道了這個答案，除了滿足我詭異又過度氾濫的好奇心之外，好像也沒有什麼意義，而且那個女孩是不是趙致風的女朋友，嚴格說起來根本和我一點關係也沒有。

再說，憑一個「債主與債務人」的關係，憑我們只認識了一天的友誼，我又有什麼資格問他這麼多？

我關掉電視，決定不再猜測這一切，然而關了電視，整個房間安靜下來，我又想起今天下課時撥過兩通手機給他。當時還猜想他是不是熬夜太累了正在補眠才沒接電話，稍微有點擔心，沒想到似乎是我多想了，他大概是和女朋友在約會，才沒有接我的電話吧。

想著，不知怎麼地，心裡有一種奇怪的感受。

這個時候，內線電話響起，我拿起話，「靜薞，什麼事？」

「妳在幹麼？」

「沒呀，剛剛在看電視，等一下準備去洗澡了。」

「喔，妳沒什麼事吧？」

「我？」

「對啊！剛剛買完紅豆餅，就覺得妳恍神恍神的，阿彬特地打電話要我關心妳一下，他怕妳有心事。」

「阿彬學長？」我驚訝地問，想不到自己看到趙致風之後，舉動竟然這麼明顯變得不對勁，和我很熟的靜薞察覺出來並不打緊，但是就連阿彬學長也察覺到的話，就真的太明顯了點。

李芯微，妳到底是怎麼樣啊！

「對呀！失神失神的，連飲料店叫號都不知道。」靜薙嘆了一口氣。

「沒啦！我正好看見趙致風在對街，就在你們買紅豆餅的隔壁幾家店那裡。」

「趙致風喔？」

「嗯，當時想叫住他，想說這樣我就可以順便還他錢，正好看見……」我把先前看到的景象一五一十地全部告訴靜薙。

「原來如此。」

「所以，我後來就沒有叫他了。」

「嗯……」靜薙咳了咳，「不對啊！那妳幹麼因此恍神啊？」

「我也不知道。」我嘆了一口氣，我也還在思索這個問題的答案，「大概是想到自己還擔心他沒接電話，是不是累癱在家呢，結果他那傢伙還生龍活虎地在約會，覺得很不值得吧。」

「這個我懂，不被重視的感覺吧？」

「我也不知道。」

「嗯……」靜薙輕輕地應了聲，不過並沒有說什麼。

「也許真的是妳說的這種感覺。」我沉沉地呼了一口氣，「不過就算是這種感覺，其實想想我也沒什麼立場啦！我跟他也沒認識多久，更沒有什麼深厚的交情，他也沒有必要非回我電話不可。」

「其實別想太多啦！有些人本來就不習慣回電，有些人本來可能接電話時不太會注意未接來電。」

「也許吧。」

「所以快別想囉！妳不是很累嗎？」

「好吧……我去洗澡囉。晚安。」

儘管心裡似乎仍有一絲絲的複雜情緒，但是和靜蕥這麼一聊，我發現自己多少也釋懷了些。

仔細想想……確實，對一個認識不到一天的普通朋友而言，沒有回電似乎也是稀鬆平常的事。

儘管這位普通朋友在前一天晚上還說了「很高興認識妳」這樣的話。

再說，「很高興認識妳」這種話偶爾會是客氣或是客套，其實不必想太多。

對，就是這樣。

不必想太多。

李芯微，快去洗澡，然後睡覺吧。

掛上內線電話之後，我洗了個舒服的熱水澡，總算去除掉沾滿了一身的火鍋味道。

一走出浴室，我又把電視打開，用大大的浴巾擦拭頭髮。在跟靜薙聊過，並且洗了舒服的熱水澡之後，變得輕鬆好多。

也許是心態的改變，此刻我看著電視，感覺現在的節目比起剛才有趣多了，有好幾個橋段都讓我笑得很開心。

直到手機響起，才打斷了我對電視節目的注意力。

「喂？」

「小微，我是阿彬。」

我擦了擦笑得太開心而流下的眼淚，「阿彬學長？」

「嗯，睡了嗎？」

「還沒耶！剛洗好澡，正在看電視，超好笑的。」

「喔，那就好。」

「啊？為什麼這麼說？」

「我以為妳心情不好，還問了靜雍。」

「哈！」我拿了搖控器，把電視音量轉小聲了些，「沒有啦！我只是在想事情啦！現在沒事了，電視節目果然是讓人開心的最佳良伴。」

「開心就好了，當時我還以為是不是我說了什麼話惹妳不開心。」

「不是的，對不起，讓你擔心了。」

「我不是這個意思，聽妳現在說話的聲音，好像真的又恢復平常的樣子了。」

「其實也沒什麼，剛剛和靜雍聊了一下，後來想想實在也不用多心。」

「嗯……感覺用這樣愉快的音調說話，才是我所認識的李芯微。」

「你所認識的李芯微？」我坐在巧拼地墊上，背靠著牆，「阿彬學長你很誇張耶！我們才認識不到幾個小時。」

「嚴格來說，我們確實認識不到幾個小時，但是……每次妳陪靜雍來找宣宇時，看見你們互動的樣子，我猜想妳應該是個很樂觀的女孩吧。」電話那頭，他停頓了幾秒，微微地呼了一口氣。

「要說樂觀，我可能還差靜薙一點點，不過和她在一起，久而久之就變得比較樂觀了吧！」我想了想，最後說出了這樣的話，「那阿彬學長呢？是樂觀的人吧？」

「通常是，但是面對愛情時，不必然。」

「哈……看來在愛情面前，好像真的會反應出人不同的面向。」

「是啊！」

「不過，憑著阿彬學長跟宣宇學長的盛名，根本不用擔心這些啊！身為系上兩大帥哥之一的阿彬學長還需要擔心，那真的是杞人憂天了。」

「是這樣嗎？」

「對啊。你看宣宇學長不也交到這麼漂亮的女朋友，所以阿彬學長一定也沒問題的。」因為太急著安慰阿彬學長，我想都沒想地脫口而出，下一秒，我突然想到靜薙說過阿彬學長喜歡我，心裡不禁有一絲絲的後悔，後悔自己為什麼提到這些事情。

「小微，其實關於我對妳……」

果然！我在心裡暗罵自己。

「嗯……」

「我承認我真的很欣賞妳，不過我也希望這不要造成妳的困擾。」他笑了一聲，「就像今天這樣相處，沒有負擔、沒有刻意，像朋友一樣就好了。」

「阿彬學長……」

「好啦，時間不早了，快去休息吧！」

「好，你也早點休息，學長晚安。」

掛了電話，我感覺鬆了一口氣，畢竟是自己先提到了有關女朋友的話題，不假思索地脫口而出時，心裡真的非常非常後悔。

還好阿彬學長並沒有多聊，不知道是不是因為察覺到我的不自在，所以沒有針對這個話題多說什麼，但是對於他掛電話前提到的「像朋友一樣相處」，我真的放心了不少。

也許真的就像靜薙所說的，阿彬學長是一個體貼又好相處的人吧。

整理好明天上課要用的課本，我決定在吹頭髮之前，再試試看一直過不了關的熱門手機遊戲，於是坐在和室椅上，拿起放在桌上的手機，解除了螢幕鎖定，這才發現有兩通未接電話，我看看撥打的時間，發現是在我和阿彬學長聊天之前。

而來電者是趙致風。

當時是在洗澡所以沒聽見吧？

原本按了回撥，但是看了桌上的鬧鐘一眼，距離他撥過來的時間已經有一個小時左右，猶豫了一下，我還是按下了掛斷鍵，決定先傳個訊息給他。

只是，當我回到手機螢幕主畫面，想打開通訊軟體傳訊時，這才看見原來他也傳了一個訊息。

看到訊息就回電給我，不管多晚。

我再度回到通話紀錄，按下他的名字。

「喂？」

「喂？睡了沒？」透過手機，他的聲音傳了過來，我不自覺想起今晚看到他和那女孩的景象。

「還沒。怎麼了嗎？」

「我想見妳。」

「……」他突如其來的話，讓我愣了一下，心臟好像還漏了拍。

「我想見妳。」他用低沉的嗓音重新說出這四個字，這一次，那個女孩坐上他的機車和他一起離去的情景，再次在我的腦海中浮現，我於是恢復了一點理智。

「可是我想睡了。」

「可是我猜妳肚子應該跟我一樣餓了，也猜妳應該跟我一樣想吃個消夜。」電話那頭的他，似乎完全忽略了我說「想睡了」。

「所以呢？」

「所以妳可以趕快下樓，因為我肚子超餓，看著這些還不能開動的消夜，是一種很殘忍的考驗。」

「下樓？你在樓下？」

「是的。」

雖然打從心底覺得這是他的玩笑，但我還是飛快地走到窗邊，往樓下看去。在我認真地搜尋從窗戶往下看的可見範圍時，並沒有看見他的身影。

是玩笑吧？

可惡，趙致風，竟然這樣騙我。

關上了窗，電話這頭的我刻意把語氣裝得平常自然，「才不會上當，你騙我的。」

「真的。」

「但是我沒有看見你。」原本不想讓他知道他的計謀算是得逞了一半，但我還是選擇了實話實說。

他呼了一口氣，「我在你們樓下停車場這裡的涼椅上坐著。」

「停車場的涼椅……」我重複了他的話，倘若他真的在那裡，我確實無法從這個窗戶看見他。

「嗯。」

「趙致風。」

「怎麼了？」

「你沒有騙我吧？」

「真的沒有。」

「要是你騙我的話，下次看到你，我會狠狠地給你一拳。」

「那要是我真的在樓下呢？」

「我就……幫你把消夜吃光。」我抓了桌上的鑰匙，「夠義氣吧！」

「真的很夠義氣。」

「好啦，等我一下，兩分鐘。」

走到停車場，一眼就看到坐在涼椅上的他拿起一袋消夜晃呀晃的，像極了用食物吸引寵物的景象。

一看到他，我忍不住笑了，這笑容裡的情緒，也許一方面很開心他沒有騙我，也許更加上了很高興看到他真的出現在這裡。

我走向前，站在他面前，這才發現原來他臉上也有淡淡的微笑。

然後，我想起了他剛剛在電話裡說「我想見妳」。

他的微笑是不是跟這句話有關呢？

他的微笑，是不是因為見到了我？

想著想著，在猜測到底是什麼原因的同時，我突然打住了思緒。

這可能只不過是沒什麼特殊意思的笑容，又何必特地猜測老半天？

「李小微。」他輕輕拉了我的手一把，要我坐在他的身邊。

「喔。」

「妳是恍神，還是看見我太高興？」他看著坐在他旁邊的我，嘻嘻嘻地笑了。

「都不是，你真的是臭美。」

「不然妳站在我面前發呆幹麼？」

「哪有。」我抿抿嘴，假裝拍掉他頭上的異物，「是你頭髮上有髒東西。」

「我才不信。」他聳聳肩，打開塑膠袋，「來，快來吃。」

吸引人不償命的香味撲鼻而來，我的肚子已經開始咕嚕咕嚕地叫了，我盯著眼前的美食，然後接過他拿出來的一串碳烤，毫不客氣地咬了一口。

「真好吃耶。」

「老闆的招牌料理之一。」他也咬了一口手中的碳烤。

「老闆？隱藏版美食的老闆！」

「是呀。」他點點頭，又咬了一口，「不過他今天只會在店裡待一、兩個小時，所以就先買外帶來給妳吃。」

「謝謝你。」我咬掉手中的碳烤，「我還要。」

「李芯微，妳能不能有一點女孩樣啊？」

「舉例說明看看。」我不客氣地從袋子裡又拿出一串。

「矜持。」

「什麼？」

「妳至少等我問妳還要不要，然後再假裝想一想這樣吧！」

「但我覺得，我這樣做的話，你這不安好心的人一定會全部吃光光。」

「我沒有這麼機車。」

「你就是這麼機車。」我反將一軍，不忘又咬了一口手中的甜不辣。

「妳這樣會嚇到很多男孩。」

「我才覺得你奇怪，呃……或者說，很多男生都這樣，明明知道有時候是因為矜持而造成了一些『假象』，卻還是沉浸在這種假象裡，然後感到很幸福。」

「反正這樣比較不會嚇到大部分的男孩。」

我瞪了他一眼，「嚇到？有什麼好嚇到的？所以……」

「嗯？」

「是說你被嚇到了喔？」

「沒有。」他笑了，「只是有點驚訝。」

「機車鬼。」

原以為他會繼續反駁什麼，可是他卻看著我，直到過了好幾秒才說話，「妳的頭髮濕濕的？」

摸了摸髮尾，「洗好澡，還沒有吹頭髮。」

「這樣會感冒吧？」他皺皺眉，皺起的眉宇間好像有點不高興，於是他邊講邊脫下了外套，披在我身上，再貼心地將外套上的帽子拉起來蓋住我的頭，「這樣比較不會著涼……」

「喔……」沒料到他會這麼貼心，我有點難為情，突然不知道該如何回應，於是我只好迴避他的眼神，假裝很享受地看著自己手中的食物。

不過，心裡……好像有種甜甜的味道。

「還有一串，給妳吃。」

「給你吃好了。」

「給妳。」他打了個呵欠，「因為我現在真的好睏。」

「好睏？」沒什麼多想，我直覺地問了他。

「我從昨天晚上打電話給妳之後，就沒有睡覺了。」他又打了個大大的呵欠，「真的好累。」

「那你快回去吧。」我吸了一口氣，接著想起他昨天為了趕報告熬夜的事，也想起了今天以為他在補眠才沒回我電話，結果卻跟另一個女生在一起的事……

「妳慢慢吃，等妳吃好就回去。」

「好，謝謝你。」我點點頭，「謝謝你特別送這麼好吃的消夜。」

「嗯……」

後來的幾分鐘，我們兩人陷入了短暫的沉默，儘管吃著跟前一刻一樣美味的消夜，但此刻，我竟突然食之無味了。

於是，在一種奇怪的衝動驅使下，以及被一種莫名其妙的好奇淹沒下，我最後終於在吃掉所有消夜之後，決定為自己的好奇做點事。

我決定問他，關於我看見的那一幕是怎麼一回事。

「趙致風，原本以為你沒有接電話是因為昏睡了，可是為什麼……我看到你和一個女生……反正我以為，你如果沒有睡著，應該會回我電話才對，但是……」

我微側了身子，想看著他，一轉頭，卻看見他一樣坐得很直，但是眼皮閉著，似乎已經沉沉地睡了，「趙致風，趙致風！」

「嗯……」他發出很小的聲音。

「趙致風！」

這一次，他沒有回應，只是微微地移動了一下，將他的頭輕輕地靠在我的肩上。

竟然……睡著了。

這傢伙。

後來，我繼續吃著串烤，吃完了串烤，又接著玩了手機遊戲——在肩膀被趙致風靠著的情況下。

邊玩，我邊覺得整個場面真是好氣又好笑。

明明看過的偶像劇劇情中，不應該都是女主角靜靜地握著溫暖的溫咖啡，再輕輕地靠在男主角寬厚的肩膀上嗎？

怎麼現在的我卻坐在這裡，吃著味道濃厚的串燒，玩著一直破不了關的手機遊戲，然後男主角竟然在聊天的過程當中不小心睡著了。

這一切發展未免也太詭異了點。

我嘆了一口氣，心裡不停嘀咕著。

不過，我隨即微微地笑了出來。

因為我突然想到，現實生活裡根本不會有偶像劇的浪漫情節，而且……我們根本就不可能是偶像劇的男女主角。

或者應該這麼說，就算趙致風擁有偶像劇男主角的條件，但是我，李芯微！再怎麼樣也不會在這齣偶像劇中演出，更不可能是趙致風的女主角，甚至可能連個臨演的資格都拿不到。

想著想著，因為不夠專心，竟然不小心輸掉了遊戲，還把可以玩的次數都玩光了，於是跳出遊戲畫面，我吸了一口氣，轉頭看一眼靠在我肩上的趙致風，聞到他淡淡的髮香，才發現此刻自己和他這麼靠近。

他一定很累吧！如果從昨晚到現在都沒睡……

覺得風吹來有點涼，我決定直接叫醒他，但是當我想用另一隻手搖醒他時，又突然猶豫了一下，一來是不想打斷他沉沉的睡眠，另一方面又似乎是私心不想破壞這樣的片刻。

「好舒服。」他突然坐直了身子，滿足地扭動脖子。

「醒啦？」

「對。現在舒服多了。」他呼了一口氣，「剛剛有一種快要虛脫的感覺。」

「誰叫你都不睡，昨天你明明說今天下課後有時間可以補眠的不是嗎？」

「原本是這樣打算，結果回到住處不到五分鐘，就被叫去忙另一份報告。」他聳聳肩，一副無奈的樣子。

我看著他臉上無奈的表情，將原本想告訴他看見他在約會的念頭打消，最後我只是擠出笑容，什麼也沒說。

「串燒都吃掉了？」

「嗯，太好吃了。」我一樣笑著。

「老闆今天時間有點趕，好像有事情要忙，下次老闆整天在店裡的話，我們再一起去吃。」

「好啊！我上次跟靜蕥說的時候，她也很期待呢。」

「大家一起去。」

「好。」我點點頭，記得上次他提到有機會再一起去吃老闆的招牌菜時，我心裡總認為那是他的客套話，然而再一次聽見，竟不覺得這是客套，反而有一種小小的期待在內心蠢蠢欲動著。

「李芯微……」

「幹麼？」他突然叫了我的名字，將我拉回了現實。

「今天，我有看到妳和那個妳朋友介紹的王紀彬喔。」

「我和阿彬學長？」

「嗯。」他點點頭，「在飲料店前有說有笑的，看起來很開心。」

「這也被你遇到。」我哈哈地笑了，「今天他和靜薙的男朋友一起向教練請了假，和我們一起去吃那間新開幕的火鍋店。」

「嗯。」

「後來我們又點了飲料，順便等靜薙他們買紅豆餅。」我笑笑著說，突然想到其中的問題，「你怎麼認識阿彬學長？」

「不算認識，但我知道他和靜薙的男朋友都是棒球隊的。」

「原來如此。」我點點頭，後來想想這也不奇怪，阿彬學長在棒球隊可說是小有名氣的主將。

「所以今天算是小型的『相親宴』囉？」

「噗。」我笑了，「不是啦，只是正好遇到而已。」

「這樣啊。」

「而且你知道嗎，一開始整個超尷尬的。」

「怎麼說？」

「其實也是我自己不夠大方啦，因為預設了立場……反正，就是不知道該跟阿彬學長說什麼好，有點不好意思。」嘆了一口氣，原本想告訴他，是因為知道阿彬學長喜歡我之後，不知道該怎麼面對。但想想有點難為情，於是我跳過了這句話，輕描淡寫地說完。

「被喜歡有什麼好不好意思的？」

「你不僅是個偷聽狂，而且還是個記性不錯的偷聽狂耶！」我瞪大了眼睛看他，沒想到自己刻意沒說出口的話，竟然被他這樣直接道破。

「知道就好。」

我瞪了他一眼，看他一臉得意，覺得很不甘願，「那你為什麼沒跟我打招呼？」

「當時在騎車，停好車之後看妳聊得挺開心的，不好意思打擾。」

「是這樣嗎？」我輕哼了一聲，不以為然。

「免得有人怪我是電燈泡什麼的。」

我又哼了一聲，這次很故意地重重發出聲音，「還是該反過來說，是你怕被我這個電燈泡打擾？」

「嗯？」

「我也看到你了。」我挑挑眉，沒想到這句話說出來的當下，好像也瞬間輕鬆了起來。

剛剛原本想告訴他這件事情，但看見他睡著，就覺得儘管心裡真的很想問，可是不管怎麼問都不太合適，現在聊到這個，剛好把心裡想說的話說出口，不禁有一種真的好輕鬆的感覺。

「真的喔？那為什麼沒叫我？」

「你不也是沒打招呼？」

「我是怕打擾你們。」

「我也是怕打擾你們。」看他沒有再說話，我又接著開口，「其實看到你之後不久，你女朋友正好買了晚餐走回來，你們就騎車離開了，來不及叫你。」

聽完我的話，他微微一笑，然後很故意地反問我，「是來不及叫我，還是看見我女朋友在場，所以決定不叫我了？」

趙致風，你這個討厭的傢伙。

我又開始懷疑這個傢伙是不是真的會讀心術了。

不過……他剛剛也說「我的女朋友」，所以那個女孩真的是他女朋友囉？

我吸了一大口氣，想了想，「本來以為你是自己一個人啦！後來發現你是和女朋友在一起，剛好你們已經要騎車離開啦，所以就沒有叫你。」

「嗯。」

「你看我對你多好！」我挑挑眉，「怕你女朋友不高興，才這麼體貼耶。」

「最好是。」他敲了我的頭一下，「妳的藉口很多耶。」

「其實……也有點不好意思叫你啦。」想了想，我說出了當時的心情，「而且當時人這麼多，周圍又滿吵鬧的。」

「下次就叫我吧。」他笑了，一個很溫暖的笑。

「那你下次再遇到我的話……」

「我也會叫妳。」

「一言為定。」

「嗯。」他伸伸懶腰，「小睡一下，精神果然好一點了。」

「不是因為小睡了一下吧？我覺得重點在於早先和女朋友約了會，所以精神才好多了。」我故意消遣他，賊賊地笑了。

他哈了一聲，「真會聯想。還有，誰說那是約會了？」

「難道不是？」

「剛剛不是說了，今天一下課，我就飛奔回住處休息，結果才剛回去不到五分鐘就接到電話，又去討論報告了。」

我點點頭，回想他剛剛說的話，「你忘記要開會討論報告嗎？」

「明天臨時要練球，還有個小聚會，所以原訂明天要討論報告的會議臨時改成今天，妳看到的那個女孩，就是我們的組員。」他聳了聳肩，「討論完報告，順道載她去買個晚餐，送她回家。」

「原來是這樣……」

「看吧！就是個很喜歡『自以為』的女孩。」他敲了我的額頭一記，說到「自以為」三個字，還故意加重了語氣。

我吐了吐舌頭，表情無奈地瞪著他，「好了，時間不早了，你趕快回去休息吧，別再熬夜了。」

「好。」他站起身，「雖然剛剛補眠了一下，不快睡真的不行。」

我跟著站起身，「這樣的精神，騎車沒問題嗎？」

「當然沒問題。」

點了點頭，我將披在身上的外套取下，「謝謝你的外套，以及好吃的消夜。」

「其實該說謝謝的是我才對，謝謝妳陪我吃了這麼好吃的消夜，好東西和好朋友一起分享，感覺特別美味可口。謝謝你，好朋友。」原本我看著他笑起來微微瞇著的眼睛，但因為他的注視，最後不好意思地假裝看向別處。

和趙致風說了再見，我又回到住處，意外地發現自己似乎異常地有精神，不知道是吃了一頓好吃消夜的關係，還是原本在意他不回電的事情得到了答案。總之，此刻的心情，倒是比一開始來得輕鬆多了。

刷過牙後，我又坐在電視機前，隨意轉到一個頻道，看著稍早前已經看過的綜藝節目重播，我看看時鐘，已經將近晚上十二點，才發現原來我和他在樓下聊了這麼久的天，喔！不！其中還包括了他進入睡眠的那段時間。

我盯著電視機，不知道是不是因為重播所以很多片段都已經看過的關係，心思老是無法集中。

真奇怪。

然後，我想起他突然打電話來，要我到樓下找他……

當時我半信半疑跑下樓，總覺得他是在惡作劇，於是當我看到他真的出現在停車場旁的涼椅上，心裡不自覺地感到開心，現在想起那樣的開心，不禁覺得有一些些莫名其妙。

從剛剛到現在，我一直認為，這樣的開心，應該是因為以為自己會被惡作劇、被騙，結果原來是自己多慮了，所以才如此喜悅，但是現在想想，這似乎只是一小部分的原因罷了。

這樣的喜悅，好像是因為見到他。只是……就只是見到他，還有他貼心地送來消夜，我就這麼開心嗎？

我站起身，呈大字型地躺在床上，盯著房東漆成淡藍色的天花板，想仔仔細細地弄清楚此刻偷偷潛藏在心中的喜悅，究竟是來自什麼原因……

也許，真的很開心見到他吧！

最後，在眾多的猜測中，我找到了一個很清楚的答案，儘管這答案真的讓我莫名其妙，卻愈來愈鮮明。

見到他真的很開心，並且，知道他沒有回我的電話不是因為約會故意無視，而是因為在討論報告，這也令我很開心。

但是，對我來說，他不就是個認識不久的朋友而已嗎？這有什麼好特別開心的呢？

想著，我覺得自己愈來愈搞不懂自己到底在想什麼，手機的通訊軟體傳來了訊息的提示音，我順手拿了手機，看了一下，是靜薙傳訊息來問我睡了沒，於是我爬下床，撥了內線電話。

「喂？」

「小微，以為妳睡著了。」

「沒有啊。」

「那我早一點的時候打內線電話過去，妳怎麼沒接？原本以為妳大概是在洗澡，但後來再打也沒接……」

「喔，早一點的時候是在洗澡沒錯啦！」我瞄了一眼時鐘，「洗完澡不久，我就去樓下找趙致風了。」

「趙致風？」電話那頭靜薙的聲音飆得高高的。

「是啊！他拿了消夜過來……」我話說到一半，突然覺得很過意不去，「靜薙，對不起，我應該留一些給妳的。」

「妳這就是標準的見色忘友啊！」靜薙故意哼了一聲，話裡卻帶著笑意，「開玩笑的啦！他還專程拿消夜給妳，也太感人了。」

「不只這樣，他還睡著了，而且原來早先看見的那個人不是他女朋友，他沒有回電話，好像是因為臨時被通知去開會。」

「嗯，就跟妳說了吧！妳還這麼在意。」

我苦笑了一下，「我也搞不懂自己幹麼這樣。」

「小微……」

「怎麼了？」

「妳好像真的滿在意他的。」

我想了想，「好像有一點，不過大概是因為在意別人不回電話那樣的心情吧！」

「我知道妳本來就不喜歡別人不回電，不過依照我對妳的了解，我總覺得妳對他的在意就是多一點。」

我又想了想，於是停頓了一下，「是這樣嗎？」

「那妳仔細想想。」

「嗯？」

「如果今天是阿彬沒有回電，妳會這麼焦慮嗎？」

明明是簡單的問題，卻使我猶豫了一會兒。在我思考並得到了自己的答案時，我決定據實以告，「好像還好耶。」

「所以我說，妳是不是著了小風學長的毒啦？」

「是嗎……」嘴裡喃喃自語著，我反覆咀嚼靜薙的話。

認識沒有多久，卻異常地在意他，如果是一般的朋友，甚至是阿彬學長沒有回電，也許我頂多只會有「怎麼不回電」的疑問而已，然而面對趙致風，沒想到在意的程度竟然如此強烈……

為什麼我會比較在意他呢？

「其實小風學長確實是有他的魅力啦！」在我陷入自己的思考世界時，靜蕥又開了口。

「嗯！」

「所以囉，妳若是中毒也是正常的。」

「最好是啦。」我哼了聲。

靜蕥在電話那頭打了一個大呵欠，「好啦！我要去睡覺囉。」

「嗯，晚安。」

「對了，妳剛剛把錢還給他了嗎？」

「錢？」納悶之餘，我才想到，今天一開始打電話給他，不就是為了要還他錢的事情嗎？但是我剛剛完全忘了這回事。

「看來忘記了。」

「真的忘了。」

「好，沒關係啦！反正應該有的是機會。」

「什麼意思？」

「第六感，就是第六感，你們以後應該還是有機會碰面的啦。」

「裝什麼神祕……」我喃喃自語。

「反正，我覺得阿彬學長的機會可能很渺茫囉！」

「這跟阿彬學長有什麼關係？」想都沒想，我問出了內心的疑惑，不過隨即稍微聽懂了靜蕥話中的含義，「妳不要想太多好嗎？我承認我真的過於在意他，可是仔細想想，我和他確實也沒認識多久啊，可能是一種相處的親切感吧，所以覺得像認識很久的好朋友，那也不代表我……」

「不代表妳會喜歡他，是嗎？」

「對。」

「唉，他的魅力妳是不懂的。」

「誇張耶！」

「哈，開玩笑的啦！」靜蕥笑了，又打了個呵欠，「好啦，我真的要睡囉！晚安。」

「晚安。」

掛了電話，我並未被靜蕥的睡意傳染，反而還因為靜蕥所說的一些話，精神變得更好了。

難道真像靜薙說的一樣，中了他的毒？

是我忽略了萬人迷的魅力，才不知不覺地被他所吸引嗎？

我嘆了一口氣，然後把電視關掉，告訴自己不要再思考這無聊的一切，因為我知道，就算自己在意他的程度多了一點，但是這可能是出於某些因素：像是欠他的錢想趕快還，像是很謝謝他帶我去吃隱藏版美食，像是他特地帶了美味的消夜過來，像是……總之，我相信，這樣的在意，絕對不會是因為「喜歡」。

上了整天的課，回到一個人的住處，我決定把下星期要完成的報告快快完成，於是從包包裡拿出行事曆，準備先著手進行。看見還放在包包小袋子裡的櫻桃小丸子夾鏈袋，才想起那天之後，自己根本完全忘了要還錢給趙致風。

並且突然又想起那天和靜薙聊到的事情。

其實，自從那天晚上，為了自己對趙致風特別在意而產生疑問和困擾之後，連續好幾天，當一個人在住處，無聊的時候，就不知不覺會偶爾想到這個問題，並且想起趙致風的樣子。

我瞥了一眼桌上的桌曆，看著桌曆上每個日期的小格子，發現從跟他一起吃消夜的那天算起，至今大約已過了一個多星期，這段時間裡，他偶爾會傳個訊息過來，不過可能因為彼此上課或是有空的時間都不湊巧，所以經常也是隔了比較久的時間才會回訊息。

想著，我看著手機，說巧不巧手機螢幕就這樣亮起來，發出清脆的手機鈴聲。

趙致風！也太巧了！

在滑開手機接聽前，我又想起之前的那個懷疑：這傢伙是不是真有讀心術？

「李芯微。」話筒傳來的低沉嗓音很好聽。

「喂？」

「妳在忙嗎？」

「本來要忙，但是……突然拿出行事曆之後就恍神了。」我苦笑了一下，瞄了行事曆一眼。

「妳也太好笑了吧。」

「怎麼了嗎？」邊問，我邊盯著看桌曆上寫了「好吃消夜」的某一格。

「沒什麼，我肚子又餓了。」他哈哈地笑了兩聲，「想問妳要不要一起去吃東西，然後帶妳去個地方。」

肚子餓？

「吃東西可以，但是要去什麼神祕的地方？」

「既然妳都自己說是神祕的地方了，怎麼可以直接告訴妳？」

「那我不去了。」我哼了聲，「反正你只要打電話給任何一個親衛隊成員，我想她們都很願意陪你吃消夜。」

「李小微，妳真的很難搞耶。」

「恰恰好而已啦。」

「好啦，五分鐘後在妳住的地方樓下等妳。」

「好。」正準備將手機放下，又隱約聽見他的聲音，於是我再次將手機貼近耳朵，「喂？」

「晚上風有點涼，記得穿件外套。」

「喔。」

「還有……」他的聲音突然感覺離話筒有點遠，然後從話筒傳來類似鑰匙碰到鑰匙的聲響，應該是準備要出門了，「我到妳住處樓下的時候會撥電話給妳，妳聽到再下樓就可以了。」

「趙致風，你真的很囉嗦耶！請問還有別的吩咐嗎？」

「沒了，等我電話。」

「好啦！」我回應他，語氣裡刻意表示出滿滿的無奈，但此刻，我卻發現自己好像有一點點因為他的貼心而感到喜悅。

「我以為你要吃的是那家店。」我舀了一匙豆漿，在嘴邊吹了吹之後才喝。

「今天想喝豆漿。」坐在我面前的他笑著，看起來心滿意足地咬著他手中的燒餅油條。

我看了我們桌上滿滿的食物，真好奇他是不是真的能吃掉這麼多，「你點這麼多，確定吃得完嗎？」

「當然可以。」他又咬了一口，「我還沒吃晚餐耶。」

「是喔！」我看了一眼掛在牆上的時鐘，「現在都已經十一點了耶！你在忙什麼啊？」

「練完球就直接去討論報告了，這學期的報告很多。」
「嗯，但是，再怎麼樣還是不要餓肚子比較好吧！」
「有時候討論一場接著一場，沒有空檔。」
我抿抿嘴，其實他說的狀況我懂，上學期碰到報告多的時候，分組報告的組員時間很難約，往往必須犧牲一些用餐時間，「但大家可以約在一起邊吃邊討論啊。」
「是沒錯。」
「反正以後可以試試這樣啊！」我夾了一塊蛋餅，「以前我們遇到分組報告要討論的時候，都會約在簡餐店，或者時間緊湊一點時，我們就會請上一節沒課的同學幫忙大家買一下便當。」
「這倒是不錯的方法。」他點點頭，臉上的笑卻有點詭異。
「幹麼？你不認同？」我放下筷子，翻了白眼。
「不是不認同，是由衷地覺得很不錯。」他臉上那種詭異的笑並沒有消失。
「那你幹麼笑成這樣？」
「沒什麼，我只是在想，既然妳這麼說，也許會願意好心地幫我送午餐或晚餐之類的。」

「臭美。」我皺皺鼻子，「就算正好在附近，也要剛好本姑娘心情好才可以。」

「這麼小氣？好歹我也介紹妳吃這麼棒的美食耶。」

「所以我說，本姑娘心情好的話……我會考慮。」我又白了他一眼，「那如果是我呢？如果你不在附近，也不可能千里迢迢幫我送午餐或晚餐來吧？」

「只要妳開口，我會。」

「真的？」原以為這是「應觀眾要求」的玩笑話，抬起頭注視著他的眼神時，卻發現他眼神裡竟然有著滿滿的認真。

「真的。」

「騙人。」雖然內心早已相信他眼神裡的誠懇，但不知道為什麼，我有一種衝動，想確認他的話是不是真的。

「有任何事，只要妳打電話給我，就算千里迢迢，我也會盡快去見妳。」

有那麼一瞬間，我的心跳漏了拍，我好像……真的相信他會這麼做。

不過很快地，我的理智將自己拉回了現實，然後低下頭，假裝拿起湯匙攪拌著表面已凝結出一層薄膜的豆漿，偷偷告訴自己，千萬別對這樣的玩笑話太認真。

「最好是。」

「總之，有什麼事情，都要打電話給我。」

看著他，我的心跳再次漏了拍，為了不被他察覺我臉上的不自然，只好趕緊點點頭，給他一個微笑，「看來你甜言蜜語的功力倒是挺厲害的，難怪親衛隊的人數與日俱增。」

「這跟親衛隊一點關係也沒有。」

「怎麼說？」我聳聳肩。

「甜言蜜語也是要看對象的，再說，我只是實話實說而已。」他很故意地笑著，吃掉手中的燒餅油條。

「喂，趙致風。」

「幹麼？」

「我突然覺得我真的很笨，笨到跟你來吃東西。」

「為什麼？跟我來吃消夜，我以為妳會深感榮幸耶。」

「你真的很欠打耶！」我掄起拳頭，在他面前揮了揮。

「原來是我誤會了。」

「是的，而且誤會很大。」我沒好氣地，再次伸出拳頭在他眼前晃著。

「為什麼說跟我來吃東西很笨？」

「你是沒吃晚餐，但是我有吃晚餐，而且消夜實在是大忌諱耶……想害我體重暴增嗎？」

「妳也會在意這個？」

「當然。」

他突然不說話，還故意摸摸下巴，上下打量我，「到目前為止，妳都還不用擔心吃消夜會胖這種事。」

「你說這話……」我的話還沒說完，突然被站在我們旁邊的女孩打斷。

「小風。」女孩的聲音很好聽，是那天和趙致風一起騎車離開的女孩。

「喬磬妳怎麼在這？這麼晚了。」

「肚子有點餓，就來買東西吃了，我就住對面大樓啊！」

「也對。」趙致風露出很好看的笑，「要不要坐下來一起吃？」

她輕輕地搖搖頭，然後看了我一眼，「我買回去吃吧！順便看電視。」

「喔……好。」

「我先走了。」

「拜拜。」

「拜拜……」那個叫喬磬的女孩又看了我一眼，於是我也禮貌地向她說了「拜拜」兩個字。

「對了，小風……」

「怎麼了？」

因為注意到她看我的眼神，於是我假裝專心吃東西，明明只是一小塊的蛋餅，我還是假裝專注吃著。

「我晚點打電話給你。」

「喔，但我今天可能會比較晚，或者有什麼事情的話，明天再說？」

「也好。」

一直到女孩離開了豆漿店，我才把那塊小到不能再小的蛋餅全部吃進嘴裡。

然後，有那麼幾分鐘，我和趙致風陷入沉默，他專心吃著眼前的美食，而我則一口一口慢慢喝掉眼前的一大碗熱豆漿。

「她是那天妳看到的女孩，認得出來嗎？」他首先打破了沉默。

「嗯。」我點點頭，「這麼漂亮的女孩，當然有印象。」

「她是滿漂亮的沒錯，個性也滿溫柔的。」

「感覺得出來。」我笑了笑，從來沒想到會和他這樣討論另一個漂亮的女孩。

「她是我前女友。」

「啊？」沒想到他突然這麼說，我差點嗆到。

「她是我前女友，大一上學期的時候交往的，交往不久就分手了。」

「是喔……」

「嗯。」

「那為什麼分手呢？」

「因為當時她告訴我，她好像不那麼喜歡我了，她說覺得自己好像喜歡上另一個一起打工的學長。」說著，他苦笑了一下。

「然後呢？」

「沒有然後了，我們就這樣分手了。」

「你難道沒有試著挽回嗎？」

他放下筷子，搖搖頭。

「為什麼？那時應該很愛她吧？」

「很愛，當然。」

「那為什麼不試著挽回，也許努力一點的話……」

「在愛情裡，如果其中一個人已經愛上了別人，再怎麼努力也很難改變什麼的。」他打斷了我還沒說完的話，表情有點苦澀。

「嗯……」我沒有繼續說下去，因為我覺得他說得很有道理。

是的，當兩個人的愛情有了一點點小缺口，確實有許多方法可以努力補好小缺口，但是，當其中一個人的心已經轉移到第三個人身上，就算再怎麼努力也無法填補已經出現的裂痕。

「怎麼啦？表情這麼嚴肅？」

我尷尬笑了一下，「沒什麼，只是覺得，問起她好像讓你想到不開心的事情，對不起。」

他搖搖頭，「別想太多，我沒有不開心啊！而且我本來就沒打算對妳隱瞞這件事情。」

「那你現在走出來了嗎？」

「當然。」他笑著，比了個「ＯＫ」的手勢，「我都已經準備好要迎接新的戀情了。」

看他一派輕鬆的樣子，才發現剛剛的擔心完全是多餘的，「那這樣，我幫你徵友好了。」

「真是謝謝妳喔。」他邊笑著，邊抽了一張面紙，伸出手用面紙擦了擦我的嘴角，「就算蛋餅再好吃，也不用把它掛在臉上吧？」

「真的喔？」我難為情地摸摸自己的嘴角，真希望有個地洞可以鑽進去。

「已經被我擦掉了。」他站起身，「走吧！我帶妳去一個地方。」

在豆漿店的時候，完全沒注意到外面的動靜，走出豆漿店，我們才發現寧靜的夜空已經悄悄落下雨滴，原以為只是細細小小的小雨，沒想到過了幾分鐘，雨勢漸漸有加大的趨勢。為了避免淋成落湯雞，最後趙致風決定下次再帶我去他所說的那個神祕的地方。

將機車停在我住處樓下的停車場，他貼心地接過我遞給他的安全帽，放在機車的置物箱裡，再等著我將披在身上的雨衣脫下來。

「謝謝。」我拍拍他的肩膀，發現將雨衣讓給我穿的他，其實已經有點淋濕，

「害你淋濕了，回去就先洗個澡吧。」

「嗯。」他溫柔地笑著，「放心，只是外套而已。」

看他好像不打算穿雨衣，「我看你還是穿一下雨衣好了。」

先是停頓了幾秒，然後他點點頭，「好吧！沒想到竟然下雨了，只好下次再帶妳去說好的那個地方。」

「會有機會的。」

「只是覺得可惜，原本今天想告訴妳……」

他的話說到一半，停車場上方的鐵皮突然發出了好大的聲音。我們兩個幾乎同時看向外頭，發現剛剛的細細小雨，竟然瞬間「啪啦啪啦」變成好大的雨滴。

「天哪！這雨，好像颱風天……」我看著外頭的雨勢，再看看他，「雨這麼大，就算你穿雨衣回到住處一樣會淋濕的，而且這樣騎車很危險。」

「沒關係，十幾分鐘的車程而已。」他微微笑地了，快速地將雨衣穿在身上，準備發動機車。

「可是……」

「我到了再讓妳知道。」他拍拍我的頭，給了我一個令人安心的笑。

「嗯。」

看著他微微轉動把手，然後對我揮了揮手，並且催油門讓車子往前了一段小距離之後，我往前跑一步，喊了他的名字。

「趙致風！」

「嗯？」他回過頭，拉上安全帽的透明罩。

「等雨小一點再騎車好了。」

「嗯？」

「我們在這裡等雨停吧！」

「真的沒關係，妳別擔心，我會平安回到住處的。」

我往前走了幾步，站在他身邊，轉動他車子上的機車鑰匙，將機車熄火，「等雨停好了。」

他愣了一下，定定地看著我，又給了我一個很好看的笑，「好吧。」

「依照我的經驗來看，這種突然變大的雨，一定很快就停了。」

「是這樣嗎？」

「是啊！有一次我和靜蕥兩個人都沒帶到傘，結果一下課就下了大雨，那天也是這樣的雨勢，結果過了二十分鐘，馬上就爽快地放晴啦！」我說得自信滿滿。

「嗯，只要雨勢小一點就好。」

於是，我帶著我強大的自信，和趙致風一起坐回上次吃消夜的涼椅上，靜靜地等候雨勢變小。

只是，老天爺像是在跟我們開玩笑，雨勢不但沒有變小，反而像要以更大的雨滴來澆熄我過分強大的自信。此外，微涼的晚風好像也愈吹愈猛，讓我連連打了好幾個噴嚏。

「妳先上樓好了，免得感冒了。」

「沒關係啦。」我揉揉鼻子，又打了個噴嚏。

「妳已經連打了好幾個噴嚏，如果真的感冒，我會過意不去的。」他皺皺眉，準備脫下他身上的外套。

「欸，你穿著就好。」我揮揮手，阻止了他，「剛剛你還淋了一點雨，更需要穿外套的人是你。」

他嘆了一口氣，「兩個選擇，第一，妳穿上我的外套，第二，妳先上樓。」

「不要啦……就這樣……」

「李芯微，我很堅持。」

聽見他低沉的嗓音，我轉頭看他，發現他的眼神裡果然表現出無比的堅持，我猶豫了一下，看看停車棚外的雨勢，也許真的是沒完沒了了。

「那你先跟我一起上去好了。」

「啊？」

「因為，你感冒的話，我也會過意不去，畢竟你也是好心帶我去吃消夜的。」我呼了一口氣，「啊，對了！我還要順便把上次的錢還給你。」

「喔。」

「那走吧。」我站起身，因為覺得好冷，頭也不回地往大門走去。

打開門，我先請他站在門外，我走進住處，快快地掃視一下整個房間，看看沒有衣物放在尷尬的地方後，我才正式打開住處的門，請他進來。

其實，我有點緊張。

因為從大一入學至今已經大二了，我從來沒有讓哪個男孩踏進我的房間一步，更沒有像現在這樣，和任何一位男孩獨處在自己的小套房裡。

我拉了柔軟的紅色和室椅擺放在他面前，「請坐。」

「謝謝。」他脫掉外套，將被雨水打濕的外套吊在門旁邊的掛鉤，然後坐在和室椅上。

我打開電視，遞遙控器給他，「給你選台吧！」

「看這台就好啦！」

「喔，對了！」我突然想起已經放了好久的夾鍊袋，站起身走到書桌前，「這個錢還你。」

「看來，我不收的話，妳應該會一直記到天荒地老吧？」

「沒錯，謝謝你。」我給了他一個微笑，然後把裝了錢的夾鏈袋放在他面前的桌面上。

「妳的房間看起來挺溫馨的。」

我看看四周，「是嗎？雖然靜薙偶爾會來串門子，但是大部分都是自己一個人在這個小空間裡，不布置得溫馨一點、溫暖一點，好像會有點孤單耶！尤其我又算是個容易想家的孩子。」

「想家？」

「嗯，記得大一的時候很倒楣沒抽中宿舍，每次和同班同學上完一天滿堂的必修課之後，看她們開心地一起回女生宿舍，但是我只能一個人孤單地回到這個小套房，當時我難免有點適應不良吧！」我苦笑了一下，「這種時候，不就特別容易想家嗎？」

「嗯……」

「我猜你大一失戀的時候一定也很想家。」我看著他，突然想起這件事。

他停頓一下，像在思考什麼似的，「好像倒也不是特別想家，不過的確會很想回故鄉，找以前的高中的同學聚一聚。」

「看吧！這就是想家的一種吧。」

「嗯。」他點點頭，「那現在呢？」

「現在？」

「還會這樣適應不良嗎？」他聳聳肩，「或者是說，還會這麼想家嗎？」

「沒那麼嚴重了，不過還是難免啦！」我站起身，邊說邊走到小冰箱前，從小冰箱裡拿出兩瓶果汁，然後遞給他，坐在他左手邊的位置，「給你喝，零食正好都吃光了，這兩瓶果汁也是最後兩瓶，請笑納吧。」

「謝謝。」

「讓你這個萬人迷光臨這樣的寒舍，還沒有大魚大肉可招待，請別見笑唷！」我眨了眨眼，扭開瓶蓋喝了一口。

他臉上帶著笑意，也扭開瓶蓋，喝了一口果汁，「謝謝。」

「對了，既然提到大一的事情，其實以前我和靜薙……呃……或者該說，以前我們兩個也會和班上的同學一起去看你們比賽喔。」

「嗯？」他放下果汁罐，稍稍感興趣地看著我。

「本來不想告訴你的，因為你自大狂的程度實在超乎常人，不過既然聊起……」

「所以妳和靜薙也是我的親衛隊成員？」

我哼了一聲，不客氣地往他肩膀用力搥去，「就知道你會這麼得意。」

「所以是不是啊？」

「不是。」我堅決地搖了搖頭，「但是，那一陣子確實覺得你們真的很棒。」

「我們？還是我？」

我嘆了一口氣，想要轉移話題，故意看向別處，正在思考應該講些什麼的時候，他又問了一次。

「是我們還是我？」

「你們。」我加重了語氣。

「是這樣嗎？」

「趙致風，你真的很煩耶！」我又哼了一聲，「好啦！當時我們確實都和別的同學一樣，覺得在球場上的小風學長非常很厲害，尤其是某幾場比賽投出的關鍵三分球……」

「嗯。」

「不過，也只是大一上學期看過幾場球賽而已，後來課業重了，報告也多起來，我們就沒有再去看過球賽了。」我聳聳肩，然後站起身，「所以啊！當時在火鍋店看到你們，才沒有馬上就認出來。」

「妳認人的能力還真不是普通的差。」

「拜託，以前我也只是在觀眾席遠遠地看著你們比賽而已啊！」我聳聳肩，還吐了吐舌頭。

「不只這次。」

「『不只這次』是什麼意思？」我疑惑地問。

「妳記不記得很久以前，有個男生在體育館的休息室前跟妳借過二十元？」

「二十元？買運動飲料的男生？」

「嗯。」他抿抿嘴。

「天啊！你就是……你就是那個男生？」我吃驚地睜大眼睛，這件事情我老早就忘了，現在經他這麼一問，才從記憶中挖出這個片段。

當時，我記得是某場比賽的中場休息。

我因為尿急所以跑去上廁所，在通往廁所及球員休息室的走廊上，正巧遇見一個男生，那個男生戴著帽子，臉上有一副粗粗的黑框眼鏡，站在走廊上的飲料販賣機前，在我經過他的身邊時，他突然叫住我，問我身上有沒有零錢，因為他忘了帶。

於是我借了他二十元，並且等他投下銅板，喝了一口飲料才離開。

「想起來了吧？」

「我當時怎麼會不知道跟我借錢的就是你？」我拍拍額頭，覺得正如他所說的，我認人的功力確實有待加強，「我竟然不知道借錢的人就是縱橫球場的趙致風？」

「所以我嚴重懷疑，妳去看球賽到底是看了什麼。」

我哼了一聲，裝出輕蔑的樣子，「你真的很好笑，我看球賽，也不見得一定要知道小風學長長得是圓是扁，我記得那天你把帽簷壓得低低的，當下我尿急，也沒多看你幾眼啊！」

「嗯……」

「不對啊！那明明是中場休息時間，你那天穿的是一般休閒服吧？」

「那天早上起床，因為感冒發燒掛急診，教練要我乖乖在醫院打完點滴再過去，不然他下半場不給我上場。」

我點點頭，這一切就合理多了。

我的思緒又拉回到好久以前的那一天，也許因為那個男生穿著一般的休閒服裝，加上自己尿急，並沒有多看他幾眼。

雖然就算看了他的臉，總是遠遠坐在觀眾席幫他們加油的我可能也認不出來。

「哈，真巧，原來那個人是你。」

「是啊！」

「所以算算利息……」我嘿嘿嘿地笑著，「以日計算的話，你欠的債可多著呢！」

「欸，等等。」他伸出食指，在我眼前搖呀搖，「當時我可是跟妳說比賽結束在體育館門口等我，我再拿錢還妳喔！」

「嗯。」我想了想，確實有這麼一回事。

「結果有人根本沒出現。」

「那時候靜薙臨時說要去找學長拿個東西，已經遲到很久了，所以我們連球賽都沒有看完就匆匆忙忙離開了啊。」我抿抿嘴，告訴他當時的狀況，「所以你真的在那裡等我？」

他無奈地點了點頭，「有，而且不只等，我還等了半個鐘頭左右。」

「半個鐘頭？」

「是啊！後來慶功宴上，我被虧了好久，他們說我竟然被女生放鴿子。」

我不好意思地笑了，後來又消遣他，「雖然剛剛聽你等了這麼久有點過意不去，但是我突然又覺得這樣也不錯，算是為其他被你迷死不償命或是告白被你拒絕的女孩出一口怨氣，哈。」

「所以我應該說妳真有慈悲心嗎？」他挑挑眉，一副無奈的樣子。

「沒想到，真的好巧。」我笑了笑，想起這一切巧合，就由衷地想笑，「不過，你是什麼時候發現我是那個女孩的？不會是在火鍋店的時候就知道了吧？」

「喔，不是。」他停頓了幾秒，「在妳到體育場說要還我錢，結果卻找不到錢包的那時候。」

「怎麼認出我的？」

他笑笑地指著我戴在脖子上的玉珮項鍊，「這個。」

我伸出手，摸了摸我的玉珮項鍊，「這個……」

「那時候，有人說『我的包包在我同學那邊，所以現在全身上下只有這二十元，再不然就是這個玉珮項鍊了，可惜販賣機也只吃銅板』。」

我噗哧地笑了出來，終於恍然大悟，其實我真的忘記我竟然還會跟陌生人開這樣的玩笑。

「你記性也太好了。」

「是啊！當時還有人說，這個項鍊是她爸媽送她的傳家之寶，」他嘆了一口氣，「所以我才注意到這個特別的玉珮項鍊。」

「原來是這樣。」我笑了，沒想到這一切竟然這麼巧，更沒想到那一次跟我借錢的男生，竟然會在此刻和我聊著天，而且也沒想到那個借錢的男生竟然就是當時我們在場邊加油吶喊的主角。

「終於想起來了。」

「真巧。」我一樣笑著，沒想到這真的很巧合，「這樣想想，我們之間的金錢恩怨還真不是普通深耶。」

「嗯。」他聳聳肩，然後指著桌上的夾鏈袋，「所以，這些錢，妳可以再扣掉二十元。」

「利息，別忘了。」我指著他，「你算好再付款即可。」

「那有什麼問題……」他停頓了幾秒，「今天原本是想帶妳去那個祕密基地，再跟妳說這件事情的。」

「嗯？」

「沒想到會下這麼大的雨，連夜景也看不成。」

「所以原本是要去看夜景？」我睜大了眼睛，覺得有點可惜，「不過……為什麼這些話要特別去祕密基地講啊？」

「呃，這只是其中一小部分，原本想說會提到的。」他停頓了一下，好像在思考什麼，「其實還想要謝謝妳，因為有那一次妳在販賣機前的鼓勵，才讓我在下半場比賽能表現得更棒。」

「什麼意思？」我皺皺眉，十分不解。

「老實說，那一場比賽，教練原本是不打算派我上陣的。」他輕笑了一下，「其實那一天我也覺得自己全身無力，但是在輸了好幾分的情況下，我還是想為我們隊上做些努力。」

「嗯……」我點點頭。

「還好有妳的二十元，還有妳的鼓勵。」

抓抓頭，我疑惑地想了想，想了很久，我依然不明白他口中「鼓勵」的含意，在我的印象裡，我完全不記得自己說過什麼鼓勵的話。

「那時候我不是問妳比賽雙方的比數？」

「嗯。」

「妳說雙方差了將近十分，我們學校落後，然後妳說『比賽還不一定呢！只是上半場而已，況且我們學校的祕密武器小風學長可還沒上場』……」

聽完他的話，我的臉好像有點熱熱的……

當時的我，在他面前說出這些話時，好像覺得非常自然，但是此時此刻，在他面前聽著他說出我曾經說過一番話，為什麼心臟突然跳得很快，好像還感到十分難為情呢？

「我完全忘了自己說過這種話。」

他點點頭，溫柔地笑了，「我也猜妳應該忘記了，最近再遇到妳，發現妳完全不覺得小風學長有什麼厲害的。」

「哈。」我低下頭，發現心臟真的跳得好快，所以決定轉移話題。「對了，所以除了這些之外，你原本還要跟我說什麼？」

「下次有機會再說吧！那些話，可能搭配夜景比較浪漫。」

「等等。」我瞇起了眼，然後看著他，「趙致風，有什麼話是必須搭配夜景的？你該不會是想要……」

「嗯……」

「謀財害命？」

他沒好氣地嘆了一口氣，然後不客氣地敲了一下我的頭，「妳是懸疑恐怖片看太多了嗎？」

「不然會是什麼？」我聳聳肩。

「反正之後妳就知道了。」

「賣關子，無聊。」我哼了一聲，然後站起身，「我突然想到好像還有一包餅乾，拿給你吃好了。」

「李小微！」他伸出手，拉住我的手腕，也跟著站起身和我面對面。

「嗯？」

「所以當時，妳真的有那麼一點點……覺得我厲害嗎？」

我點點頭，微微笑著，「是啊。」

「所以，如果妳後來還是繼續來看球賽，有沒有可能變成我的親衛隊，或者因為我真的很厲害，愈來愈崇拜我……」

「嗯？」我抬頭看著他深邃的眼睛。

「有沒有可能因為這樣，然後像其他女孩一樣，喜歡上我？」

本想開玩笑地胡亂帶過他的問題，但是看他這麼認真，我也好好地想了想，「我不知道。」

「雖然這是假設性的問題，但我想知道妳的答案。」

「幹麼問這個？」呼吸變快了，變急促了，我才發現好像不能再這麼近距離看他的眼睛。

「測試我的魅力。」他哈哈地笑了，接著收起笑容，又問我一次，「會嗎？」

「老實說，我不知道……」我一抬頭，眼神又和他的視線對上，「我覺得也許有可能，畢竟你這麼多粉絲也不是沒道理的。」

他拍拍我的頭，「回頭想想，我應該在販賣機前跟妳借錢的時候，就跟妳要電話的。」

「啊？」

他低頭看著我，沒有再說什麼，只是突然地抱住我……

「趙致風？」內心充滿了疑問，心臟跳動的速度已經快要破表，因為實在是太緊張了，我發現自己緊握著拳，腦子不斷努力地想思考眼前的這一切，卻突然怎麼也無法思考。

這是夢嗎？如果是，為什麼我覺得是一場美夢，還有一種甜甜的感覺？

這是幻想嗎？如果是的話，為什麼我幻想的對象會是趙致風？

他放開了我，然後低下頭，用他溫柔的眼神看我，「那陣子我很低潮，覺得不論是練球或是正式比賽，整個人的表現都遇到了瓶頸，以為自己就只能這樣了，但是那次聽了妳的話……」

他說到一半，就被一陣快節奏的手機鈴聲打斷，他笑了笑，從牛仔褲口袋裡拿出手機，接起電話。

我也對他微微一笑，發覺心臟跳動的速度還是快得不像話，急促的呼吸都還沒能緩和下來，就連手掌心也微微地冒了汗。我走到置物櫃前，拿了餅乾放到和室桌上，坐回原本的位置繼續看著電視，等待他講完電話。

「怎麼了？」

「喬磬啦。」也許看見我臉上的狐疑，他才想起應該說清楚一點，「就是稍早遇到的那個前女友。」

「喔，她怎麼了？」

「可能因為突然下大雨，她住的地方停電了，問我可不可以去陪她。」

「停電？」我點點頭，「這種大雨天又停電，真的滿可怕的。」

「大概吧。」

「那你會去嗎？」

「妳想要我去嗎？」

「幹麼問我！」我不客氣地反駁，雖然很想知道他會怎麼處理，但是仔細想想，他的行動也不是我能決定的，就算我的心裡真的不願意他過去，但是我又有什麼立場左右他呢？

「我還以為妳會叫我不要去。」

我聳聳肩，思考了一下，「這應該由你自己決定，不過……停電對女生來說，尤其是一個人住在外面，確實是很可怕的一件事。」

「嗯。」

「只是，現在還下著雨，你去的話好像有點危險。」

「就知道妳會擔心我，所以我順便傳了訊息給和她住在附近的同學先跟她聯絡。」他晃晃手機，好像套好了招似的，手機還正好響起來。他簡短地講了電話，轉頭看我，「她們已經見到面了。」

「嗯。」我刻意忽略他說的「妳會擔心我」這句話。

「謝謝妳擔心我。」他很故意地強調。

我瞪了他一眼，「我有說我擔心你嗎？」

「妳剛剛說還在下雨，覺得我這樣騎車有點危險。」

「這不是常識嗎？」我吐吐舌，「再怎麼不熟的朋友，也可能會叮嚀一下吧！」

「我覺得是關心。」

「趙致風，你真的是很狂妄耶。」

「還好。」他拍了一下我的頭，看看窗外，「外面的雨好像停了。」

我走到窗邊，打開窗戶確認了一下，「嗯，好像真的停了。」

「那我走了。」他笑著說：「謝謝妳收留我。」

「不客氣。」

「有機會再帶妳去那個祕密基地。」

「嗯。」跟著他走到門邊，我把他先前掛在掛鉤上的外套取下來，「外套。」

「謝謝。」他點點頭，給了我一個好看的微笑，然後快快地穿上他的運動外套。

站在他面前，又和剛剛一樣的近距離，使我忍不住想起剛剛那個讓我措手不及又滿腹疑問的擁抱。

那個擁抱……是在傳達任何意義嗎？還是只出於一時衝動或是想起往事才「有感而發」？

「李小微！李小微？」一雙大大的手在我面前晃呀晃，他那張帥帥的臉疑惑地看著我，才將我拉回現實，「妳在想什麼？」

「喔，騎車小心，」我的表情一定很呆滯，但還是趕緊回應了一個微笑，「到了再打電話給我吧！」

「會的。」他打開門，往外踏出一步，然後轉身看向還在門內的我，「對了，李小微……」

「嗯？」

「妳喜歡王紀彬嗎？」

沒料到他會突然問出這奇怪的問題，我愣了一下。

「或者，對他有一點點不一樣的感覺嗎？」

我想了想，不知道為什麼，我選擇了實話實說：「目前……並沒有任何一點點男女之間那種喜歡的感覺。」

「那……」他用他溫柔的眼神看著我，並且用低沉的嗓音慢慢說著，「妳可不可以答應我……」

面對他好看的眼睛，我發現自己的心跳又不受控制地愈跳愈快，於是我假裝笑了一下，「要我不收那二十元的利息嗎？我考慮。」

「妳真不是普通煞風景。」他嘆一口氣，不客氣地敲了我的頭。

「不然呢？」我繼續打哈哈，以掩飾我失控的心跳。

「請妳答應我，在我帶妳去那個祕密基地之前……」

「怎麼樣？」

「不要喜歡上別人好嗎？」他突然靠近我，用氣音在我耳邊說著。

「啊？」他十分靠近，熱呼呼的鼻息吹在我的耳邊，我不好意思地往後退了一步，還因為踩到一旁的東西差點跌倒。

「小心。」他手腳俐落地拉了我一把。

「呼，在你面前跌倒也太丟臉了。」我驚魂未定地拍拍胸口，尷尬地笑了，這才發現和他的距離又靠近了些。

「李小微，我剛剛說的，聽見了嗎？」

「晚安。」因為不好意思，因為弄不清楚整個狀況，因為還不知道該怎麼回應這一切，我往後退了一步，笑嘻嘻地揮手，「路上小心。」

「李小微。」他臉上的表情好認真，伸手拉住我，又把我拉近了一些，「記得，在我帶妳去那個祕密基地前，不要喜歡上別人。」

他離開後的幾分鐘裡，我的腦子真的一片空白，不僅如此，一直不受控制的心跳更誇張地撲通撲通跳著。

我呆呆地靠坐在床邊，閉上眼睛，腦海裡不斷不斷地重播剛才的畫面，原以為可以趁機釐清這一切，可是不但沒辦法用平時的理智把今天和趙致風獨處的一切理出端倪，還反而因為不斷回想，而讓自己的心跳愈來愈快，完全無法思考。

為什麼今天的他好像有那麼一點不尋常？為什麼他會突然抱住我？為什麼剛剛他準備離開時，又突然在我耳邊重複了那一句話？為什麼他今天的舉動好像有一點不一樣……

然後為什麼和他獨處，被他突然抱住，聽他說了那些話，我會緊張得手足無措？又為什麼會心跳加速？

還有，他的那個擁抱到底代表了什麼？

我想著不久前被他抱住的畫面，以及當下彼此的靠近，試著去想清楚那個擁抱背後的意義，但是我一向對自己的理性頗為驕傲，此刻卻混亂到不行，怎麼樣也想不透他的那個擁抱。

我抓抓頭，扯掉了綁著馬尾的髮圈，始終猜不透他那突然的擁抱。

我站起身，走到書桌前，就像往常一樣，拿起內線電話撥給靜蕥。

「靜蕥，妳睡了沒？」

「還沒，剛剛打算要睡了，後來卻精神超好的。」

「我想跟妳說話。」我嘆了一口氣。

「怎麼啦？妳也睡不著嗎？」

「我一點睡意也沒有，因為趙致風才剛離開……」

「什麼？」隔著話筒，靜蕥高到破表聲音幾乎快衝破我的耳膜。

「趙致風剛剛離開不久，早一點的時候……」

「等等，先掛電話，我去找妳。」靜蕥的聲音裡帶著很誇張的興奮，還沒等我說話，她就「啪」一聲地掛了電話。

「幫我開門。」然後，不到一分鐘的時間，靜蕥就已經衝進房間，要我把剛剛發生的一切鉅細靡遺地講給她聽。

「神發展嘛，簡直。」

我嘆了一口氣，「是詭異的發展，靜薙，妳覺得為什麼他會突然抱住我啊？」

「情不自禁。」靜薙的眼睛裡彷彿藏著閃閃發亮的星星。

「別開玩笑了，我真的想知道。」

「我也沒有開玩笑啊！」靜薙說得好認真，「那我問妳，換作是妳，妳今天會隨隨便便去擁抱一個男生嗎？」

「當然不會。」

「對嘛……」

「但是，就好像有點不一樣啊！」

靜薙扮了鬼臉，「到底是哪裡不一樣了呀？」

「也許他只是……唉唷，我不知道啦！」

「妳想想看嘛，當時的情況，他又不是要安慰妳，也不是什麼一起看演唱會感動得互相擁抱之類的情境，所以唯一的可能當然就是喜歡妳啊。」靜薙像個老師一般地清了清喉嚨。

「可是他後來什麼也沒說。」

「那是因為妳沒問啊！」

「這樣問多奇怪。」我嘟嘟嘴。

「好啦！先別管他，李芯微我先問妳。」

「嗯？」

「妳是不是喜歡上他了？」

我用食指指著自己，瞪大了眼睛，「喜歡上他？」

靜蕥點了點頭，「對嗎？」

「怎麼可能呀！」我皺皺鼻子。

「依照我專業的判斷，妳真的喜歡上他了。」

我想了想，「我不知道是不是喜歡他，但是我確實好像滿在意他的。」

「我問妳，他抱著妳的時候，妳有推開他嗎？」

靜蕥的問題，又讓我回想起自己被他抱住的畫面，「沒有。」

「妳討厭那種感覺嗎？」

「只是覺得很驚訝，心臟跳得很快。」

「那就是喜歡。」

「就算我很在意他，就算我沒有推開他的擁抱，但是對他的感覺……好像跟高中時喜歡那個男同學的感覺不一樣啊。」

「這樣想好了，如果今天是阿彬突然抱住妳，妳會推開他吧？」

我重複了靜薙的話，「阿彬學長抱住我的話……」

「會，對吧？」

我點頭回應了靜薙。

「所以，我說妳真的喜歡上小風學長了。」

「真的是這樣嗎？」我將背靠著和室椅的椅背，問出的話語是對靜薙的疑問，同時也是對自己的疑問。

「應該是。」靜薙說得很保留，表情卻一副肯定的樣子，「對了，沒想到他是那次跟妳借錢的人，更沒想到他竟然還能認出妳。」

「他提到這件事情的時候，我也超驚訝的。」

「對啊！」

「沒想到，像我這樣不起眼的人，他竟然還會記得。」我笑了一下，「不過他說一開始是看到這個玉珮項鍊才確認的。」

「還滿有趣的耶！」

「是啊。靜薤……」

「幹麼這樣愁眉苦臉？」

「我不想喜歡他。」

「啊？」

「我不想喜歡他。」我搖搖頭。

「為什麼？」

「暗戀像他那樣的人，一定很辛苦。」

「拜託，李芯微，喜歡一個人是多麼浪漫的一件事情啊！妳可不可以收起一點點妳的理性？」

「高中的時候，覺得暗戀或喜歡好美，可是受了傷，哭過了之後，就發現那折磨人的心情一點也不美。」

「李芯微，當時是因為妳不積極，也許妳積極一點就不是這種結果了。」

「是這樣嗎？」

「是，而且就算積極採取行動最後被拒絕，妳的心也會覺得值得，因為至少妳努力過，懂不懂？」

「可是……」

「所以，現在妳如果真的確定了自己喜歡他，就收回妳面對感情時的理性，讓妳的心帶著妳，去積極一次。」

「靜薙……」

「先確認自己的感情，我會幫妳加油的。」靜薙緊握著拳，在我眼前擺出加油的樣子。

「好，我會努力。」

靜薙離開後，我嘗試著弄清楚自己是不是真的喜歡趙致風，但是這個問題的答案似乎仍藏在心深處，完全無法果斷地確認是或否。

唯一知道的，就是和趙致風相處時總是感到很輕鬆、很自然，可以毫無顧忌地談天說地。

然後，比起其他人，我更在乎他，偶爾會因為和他講話而開心。

然後，當他突然抱住我的時候，心臟會緊張地跳得好快，手心也會緊張地微微冒汗。

這就是喜歡吧？

只是，像我這樣的小草喜歡上他這樣的萬人迷，為了避免自己將來又要為這沒有結果的暗戀而哭泣，是不是應該在這一開始就盡量克制自己對他的感情呢？

我躺在床上，靜靜思考剛才靜薙苦口婆心所說的每一句話，我知道靜薙都是為我好，希望我能夠為自己的感情努力與積極一次，但是，如果積極換來的一樣是失望，那為什麼我不在一開始還可以假裝不在乎的時候，就克制自己不去喜歡他？

或者，我其實應該像靜薙說的，讓自己的心帶領，勇敢一次？

閉上眼睛，我回想起暗戀了好久的男同學在畢業典禮當眾宣布自己的戀情時，以及躲在棉被裡哭了好久的回憶。想到從前的事，我突然掉下眼淚，為自己的「默默」覺得悲傷。

是啊！當時如果能為了自己的愛情積極一點，勇敢地向那個男同學告白，那麼，和他之間是不是會有不一樣的結果？而且就如靜薙所說，即使失敗了，至少為自己的愛情努力過，比較不遺憾。

所以，現在的我如果真的喜歡趙致風，就算他是這麼有魅力，就算他擁有好多的親衛隊，是不是也應該要為自己勇敢起來，為自己做些努力呢？

或者，至少先找個機會，直接問清楚今晚那個擁抱是不是具有什麼意義。

乾脆上網搜尋一下關於「擁抱」的定義好了……

突然想到網路世界的萬能，於是我坐起身，拿起放在和室桌上的手機。但是在滑開按鍵鎖之前，我又突然覺得此刻自己的行為著實很可笑，怎麼會想到要在網路上搜尋「擁抱」的定義呢？那不如乾脆順便搜尋「李芯微到底是不是喜歡上趙致風」的答案好了。

唉，李芯微，妳是被趙致風的那個擁抱弄瘋了吧。

我嘆一口氣，想把手機放下時，正好看見手機螢幕左下角顯示了一個未接電話。

趙致風？

喔，對！記得才提醒他到了要說一聲的，結果一直在和靜雍討論我的困擾，竟然完全忘了這回事。我看看來電的時間，是三十分鐘前打來的，我點進未接來電的選單，撥給趙致風。

來電答鈴透過話筒傳進我的耳裡，是一首很輕快的英文歌曲，我跟著哼起輕快的旋律，一直到電話轉進了語音信箱。我重新撥出了一次，然後再次哼著輕快的歌，直到歌曲再次結束，不過這次不是制式化的語音。

「喂，你到囉？」

「……」

以為是收訊不好，我看看手機螢幕，螢幕上確實顯示著通話中，於是我又喂了一聲。

「不好意思，妳是剛剛那個學妹吧？」

我原本想罵趙致風幹麼裝神弄鬼，聽見對方的聲音後我愣了幾秒，「呃……不好意思，這是趙致風的電話吧？」

「嗯，小風他下樓幫我買個東西，手機忘了帶。」

「呃，好……那我掛電話了。」

「有什麼需要我幫妳轉達的嗎？」

「喔，哈，沒有，我只是回撥給他而已，沒事了，謝謝。」

「那拜拜。」

「拜拜。」

「對了！」

「怎麼了？」

「今天在豆漿店遇到你們，覺得好巧。」電話那頭的她，聲音真的很好聽。

「是啊……好巧。」尷尬地笑了一下，我不知道還能回答她什麼。

「妳和小風應該只是朋友的關係吧？」

她的問題使我愣了幾秒，原本以為我們的對話就此結束，沒想到她突然拋出問句，我發現自己的呼吸又變急促了些，心跳的頻率也變得快了些。

「是不是？」

我深深地吸了一口氣，擔心被她聽見，我緩緩地、慢慢地呼了出來，然後才慢慢開口，用一派輕鬆的口吻，「是啊。」

「妳應該不是喜歡他吧？」

「我？」心臟跳得好快，但此刻的感覺卻和剛剛與趙致風相處時的心跳加速不一樣，此刻……我覺得自己好像被官兵抓到的賊一般緊張。

「有嗎？」

「當然沒有，妳想太多了。」

「可能真的是我想太多了，」她呵呵地笑了，「抱歉問了這麼唐突的問題，而且我想我真的是昏了啦！」

「昏？」

「因為根據我對小風的了解，妳應該不是他喜歡的類型才對，竟然問妳和小風是什麼關係，真是抱歉。」

「喔，不會。」我嚥了一口口水，真的好想結束這個通話。

「學妹，若妳覺得我這樣太唐突，真的很對不起。」

「不會的……」

最後，我完全搞不懂自己到底怎麼了，只是懦弱地結束了和她的對話。

真奇怪，電話那頭的她聲音很好聽，為什麼我卻覺得好刺耳？好奇怪，她明明很有禮貌，左一句不好意思右一句不好意思，為什麼我卻覺得好沒禮貌？很奇怪，為什麼她明明是個美女，應該是賞心悅目的容貌，卻讓我覺得醜死了？

我沉沉地嘆了一口氣，發現自己再怎麼覺得奇怪，也不會改變任何一件事，她一樣是個聲音很甜美，外型亮麗又賞心悅目而且大方有禮的美女，重點是，她還是趙致風的前女友。

把電話丟在一邊，我繼續躺回床上，呈大字型攤著，盯著天花板，用自己紊亂的思緒伴隨五味雜陳的心情思考剛剛的一切。

她說，我應該不是趙致風會喜歡的類型。為什麼從她口中聽到這樣的話，會讓我感到淡淡的難過呢？而又為什麼當她問我是不是喜歡趙致風時，我又會有一種好像被抓個正著的緊張？

難道，我對趙致風的在意，其實是因為早已對他有了不一樣的感情嗎？

所以我喜歡趙致風？

等等……這一切也太奇怪了，當我想到為什麼會有機會跟她講話時，我才想起了另一個關鍵——趙致風剛剛是和她在一起的。

趙致風去找她了？

可是趙致風在離開前，明明就說他不打算過去的，不是嗎？為什麼現在是她幫他接了電話？

內心更五味雜陳了，尤其想到趙致風先前說他已經請另一個同學過去陪她時的表情，我發現自己的心情變得更複雜、更難以形容了。

我拉起棉被，把自己整個蓋在棉被裡，想藉此讓自己別再去思考這討厭的一切，但我發現，不管怎麼樣，整個腦袋想的全是和趙致風這討厭的傢伙有關的事，而且還發現自己一向引以為傲的理性，在此刻竟無法發揮任何作用。

尤其想到趙致風明明說不去找她，最後卻還是和她碰了面，我心裡就有一種很奇怪的感覺不斷地翻騰著。

我終於確認了，原來在心裡翻騰著的感受，就是吃醋。

而自己此刻莫名其妙又五味雜陳又難以形容的種種感受，完全都是來自於同一個原因……

我真的喜歡上趙致風了。

真慘。

我的理智現在唯一能做的，就只是告訴自己「真慘」這兩個字，此外，好像完全沒有任何效用。

這幾天很不開心。

「幹麼這樣無精打采的。」靜薙停下腳步，拉了我的手臂，滿臉擔心地看著我。

這個問題，這幾天她已經問了我好幾次，只是我思緒紊亂、心情浮躁，好像也還沒準備好怎麼說清楚，於是每次都給了她模糊的回答，不是要她別擔心，就是告訴她別管我這個愁眉苦臉鬼。只是，這幾天一有空檔，她還是會忍不住追問我到底發生了什麼事。

站在走往停車場的紅磚道上，原本應該往工學院大樓走去的靜薙拉住了我，臉上的表情認真到不行。依照我對她的了解，我知道此刻她要是沒問出個所以然，是絕不善罷甘休的。

坦白說我也不是想瞞著靜薙，更不是不想告訴她後來發生了什麼事，我只是因為思緒太紛亂，完全不知該從何說起，而且好不容易確定自己喜歡某人，卻在弄明白的那一刻突然被打到谷底，覺得不小心受了傷的心情，我實在還沒準備好雲淡風輕地形容這一整段經過。

「李芯微，快說。」她放大了音量，帶著怒意瞪我。

我嘆一口氣，「被妳說中了，我想我是喜歡趙致風的。」

她站在我眼前，臉上的擔心表情立刻被驚喜與開心所佔據，像極了川劇變臉般地快速轉換，「那很好啊！」

「不好。」

「喔。」靜薤一副沒好氣的樣子，「別再跟我說什麼不想喜歡他那種話，那天晚上這麼說，我就超想打妳的。」

「可是妳不知道……」

「不知道什麼？」

「那天趙致風的前女友在電話中說……」我吸吸鼻子，把那天他前女友在電話裡說的話一股腦地告訴靜薤。

「我的天，妳該不會因為他前女友說那些話就打退堂鼓吧？」靜薤誇張地拍拍額頭，「她可能是故意說給妳聽的好嗎……」

我想了想，「雖然我聽了真的不太舒服，但是坦白說，她的語氣聽起來好像也不是故意的，再說她也客氣地向我道歉了。」

「李芯微，我直覺她就是故意的。」靜薤哼了一聲，「好啦，今天不管她是不是故意說那些話，但是妳管這麼多幹麼？為了她的話不開心幹麼？妳好不容易想清楚自己對趙致風的感覺，為什麼要因為他前女友的話卻步？」

「我只是想到她說趙致風不是我喜歡的女孩類型，我就覺得自己應該趁著沒有陷入太深，快快地結束。」

靜薙嘆了一口氣，雙手放在我的肩上，用力地搖晃我，「愛情是兩個人的事，妳因為第三個人的話而卻步，這也太冤枉了。」

「是這樣嗎？」

「是。」靜薙堅定且簡短地回答，然後停頓了幾秒，像想起什麼，「對了，那最近妳有跟小風學長聯絡嗎？」。

「沒有。」我苦笑了一下，「他每天都會打兩、三次電話給我，還傳了幾次訊息過來。」

「但是妳都沒回？」

「嗯。」我點點頭，心想靜薙真不愧是了解我的好朋友。

「妳竟然為了他前女友的幾句話不理他？」

「這是其中一個原因，唉……」我想了想，最後還是決定坦白，「靜薙，說了妳不要笑我。」

「好。」靜薙認真地點點頭，然後拉著我走到距離我們不到二十公尺處的涼椅坐下，「其他的原因是什麼？」

「也許是我小氣，也許是我愛亂吃醋，但是我的心裡就是不好受。」我緩緩地呼了一大口氣，「剛剛不是跟妳說停電的事情嗎？那天趙致風明明說已經請其他人去陪他前女友了，也告訴我他不打算過去，但是，我回電時，接電話的人卻是他前女友，想到這裡，我就覺得受騙了，實在很不高興。」

「嗯……」

「也許我沒立場不高興，而且就算他騙我又怎麼樣，但是心裡就是不好受，真的很不好受。」

「小微，那就直接問清楚啊！」

「不要，總覺得我沒有什麼理由或立場問他。」

「想知道實際情形就問他，也許他後來是出於什麼不得已的理由才去找他前女友的，這也不無可能。」

「我真的不知道……但是他們見面是事實。」

「唉。」

我看見靜薙臉上好像也蒙上了一層煩惱，「前女友，真的是一種恐怖又危險的生物。」

「哈，是啊。」我聳聳肩，看了一眼手錶，「時間差不多了，妳快去找妳男朋友吧！有機會的話，我再問他囉。」

「我覺得既然很在意，還是問問他吧！」

「嗯。」

「小微。」靜薙拍拍我的肩，「雖然前女友的事情很讓人不開心，但是剛剛聽見妳說妳喜歡上趙致風了，我還是覺得很開心耶！」

我苦笑了一下，「那下次我跟妳說我失戀了，妳會陪我喝酒痛哭嗎？」

「廢話，當然會。」靜薙站起身，「但是我有預感我們喝酒會是為了慶祝。」

「想太多了。」我揮揮手，白了靜薙一眼。

「好啦！我先走囉！」

我站起身，給靜薙一個微笑，正要開口說再見時，走過我們面前的兩個女同學突然看了我一眼。不知道是不是我多心，我覺得她們竊竊私語的同時，眼神裡好像有一點不懷好意。

「怎麼啦？認識她們喔？」

「不認識，但是覺得她們好像在討論什麼。」

「管他，可能是嫉妒我們漂亮吧！」

我吐吐舌，「嫉妒妳漂亮。好啦，快去吧！」

和靜蕥說了再見，我原本想回住處，突然想起今早收到圖書館寄來的預約書領取通知，於是又折返回圖書館，順便找了幾本有興趣的書。

在圖書館時，我接到靜蕥打來的電話，她要我快點看她半小時前傳來的訊息，她訊息中有一個網址，要我把它點開來看看。

我走到圖書館櫃檯旁的沙發，將手中捧著的書放在一旁，好奇地按開手機，進入通訊程式，馬上找到靜蕥的對話視窗，點開她傳來的網址。

點進網址的連結，我突然明白剛剛在紅磚道路過的那兩個女同學為什麼會帶著不懷好意的眼神竊竊私語討論我。

那是一個臉書的粉絲團，是我們學校籃球校隊粉絲團的某篇文章。

那篇文章的文字不多，但是首先抓住我目光的就是那張照片，照片中的女主角是我，場景是前一陣子我去體育館找趙致風，要還他錢時的畫面。

心跳得好快，我突然被滿滿的緊張感佔據，滑動手機，仔細閱讀被我忽略的幾行文字。

大二學妹在小風學長練完球時，趁機衝上球場告白，可惜卻找不到準備好的情書，還請小風學長幫忙找，真可愛呀。

反覆看了兩三次這段文字，愈看心情就愈差，心跳得愈來愈快，然後我點開看，明明才發布不久，該篇文章下方已經近一百則的回應留言，留言裡有人說「可愛的學妹」，有人說「以後告白要先整理好書包」，有人說「小風學長對於這樣的告白應該已經習慣了」，還有人說「這是告白奇招」、「酷」、「我想小風學長不會喜歡她的」……最後我關掉了程式，不知道是緊張還是憤怒的關係，再想到早先竊竊私語的女同學，我發現自己此刻不僅手心冒著汗，就連身體也微微地發抖著。

事情明明就不是這樣，為什麼要亂寫？

文章裡寫「大二的學妹」，網路這麼厲害，在這麼短的時間就出現了這麼多回應，那是不是再晚一點，就會有人說「這位大二學妹就是某某系的李芯微」呢？

好丟臉。

我從沙發上站起身，快速地把打算借閱的書拿到櫃台辦理借閱手續，然後用最快的步伐奔向停車場，在停車場找到機車停放的位置。但在包包裡翻找了半天，才想起機車鑰匙好像放在靜雍那裡。

連機車都跟我作對。

我生氣地把原本放在機車坐墊上的五本書拿起，認命地往校門口走去。才剛走出停車場大門沒多久，就聽見有人喊了我的名字。

我轉過頭，發現喊住我的竟然是趙致風，於是我加快腳步繼續往前走。

「李小微，幹麼愈走愈快？」才一下子，他就追上了我，拉住我的手臂，然後站在我面前。

「要你管。」我生氣地看著他，想繞過他繼續往前走，卻因為他微微施加了力量，被他拉著走不了。

「怎麼了？」他皺眉，不解地低頭看我。

「沒什麼。」我想拉開他的手，卻沒有成功，因為他一直很用力抓著我。

「李小微，妳這麼生氣的樣子，怎麼可能沒什麼？」

「好。」我點點頭，從包包裡拿出手機，再次打開剛剛的網頁，「你看。」

他疑惑地接過手機，盯著螢幕，看了上頭的照片與文字，然後又將目光看向我，「我叫他們刪掉。」

「刪掉了又怎樣，已經很多人看到了。」我哼了一聲，十分憤怒地看著他，「也許你覺得這只是個玩笑，也許你覺得這無關緊要，也許你覺得這根本沒什麼……」

「我沒有這個意思。」他呼了一口氣，用他低沉的嗓音認真地說。

「但是我很在意，我真的很在意！」大吼著，我不知道自己到底怎麼了，竟然將心中的怒氣一股腦地發洩出來，好像一併將連日來的不高興全爆發出來。

「小微，我現在就去請球隊經理把文章刪掉。」

「隨便你們。」我哼了一聲，眼淚突然不受控制地掉了下來，但是我不想在他面前掉下眼淚，隨即擦掉了眼淚，卻依然無法克制住，眼淚像斷了線的珍珠不斷地往下掉落。

「妳別這樣擦。」他呼了一口氣，用他修長的手掉溫柔地擦掉我臉頰上的淚水，「我等等就請經理刪掉，確實，這是個過分的玩笑。」

「別假好心了。」我想揮開他的手，卻沒有得逞，反而還被他突然抱住，將我爬滿了眼淚的臉深深埋在他厚實的胸膛，「放開我……」

先是抱住了我幾秒，最後他終於放開我，然後雙手放在我肩膀上，低頭看我，「妳別這樣，我會……」

「會怎樣？」我生氣地瞪著他，伸手用力推開他。

「我會捨不得。」

「捨不得？」聽到他的話，我的眼淚又不停不停地往下掉，因為我想起前幾天的不開心，還有他那個叫喬罄的前女友，「你還是去捨不得你的前女友吧！」

「李芯微，這件事情跟她有什麼關係？」

是啊，確實跟她一點關係也沒有，但是我就是忍不住提起了這件事。

「一點關係也沒有，我只是想到這幾天來的不高興。」

「什麼不高興？」

「你欺騙我的不高興。」

「我欺騙妳什麼？」

「那天你從我住處離開，明明就去找了她不是嗎？」

他抿抿嘴，該死的是他臉上的神情竟然很淡定，「是啊。」

「那天不是說不過去的嗎？」

「我後來打電話給妳，就是要告訴妳這件事，其實……」

「趙致風，我不想聽。」我粗魯地擦掉眼淚，「更何況你也沒必要告訴我，所以答案或是理由到底是什麼一點都不重要。」

「所以？」

深深地呼了一口氣，我試著讓自己的情緒慢慢緩和下來，此刻看見他臉上淡定的神情，我突然發現自己是多麼狼狽與無理取鬧，覺得我真像一個瘋婆子，明明在討論粉絲團的那張照片與文章，為什麼東扯西扯地扯到了之前的不愉快。

李芯微，妳是哪根筋不對啊妳！

「沒有所以。」我盡可能地讓語氣平靜一點，「麻煩你請你們球隊經理刪掉文章，也許是我小眼睛小鼻子是我小氣，但是我真的很在意。」

說完，我想繞過他往校門口走去，沒想到他又伸手拉住我，「我送妳回去。」

「不用。」

「這些書很重。」他自顧自地將我手上的書接了過去，然後一隻手拉著我的手，往校門口走去。

「趙致風，我說放開我。」

「我也說了，我送妳回去。」他拉著我走到他的機車前。

我停下腳步，怒氣沖沖地瞪著他，「我會跳車。」

「那好。」他又拉著我走往校門口，在路邊站了一會兒。

「你要幹麼？」

他看了我一眼，沒有回答，只是揮了揮手，攔下一輛計程車，拉著我一起坐上了計程車。

十分鐘後，到了我住處的樓下，站在大門外，他靜靜地等我打開門之後，才將手中厚厚的五本書遞給我。

「上樓就先休息一下吧！」

「……」

「其實我很想陪妳上樓，因為看妳這樣子，我很心疼。」他站在我後方，用溫柔而低沉的嗓音說著，「而且如果可以，我會想現在跟妳解釋清楚這一切。」

「需要解釋嗎？」我輕哼了一聲，「這都是我在無理取鬧，所以，不用了。」

「我知道妳現在不想聽，所以讓妳的情緒緩和一下，還有，我想我現在應該先去處理一件妳更在意的事。」他往前走了一步，站在我的右手邊，看著我的臉，「我現在就去請經理將文章刪掉，然後晚點球隊有個重要的會議，會議結束之後，我會再來找妳。」

「不必了。」

「不管妳怎麼說，我都一定會來找妳，就算妳不接電話或是不想下樓來見我，我都一定會等到見到妳為止。」

我沒有說話，也沒有看他，只是邁開步伐往裡頭走去。

回到房間，我趴坐在書桌前，下巴靠在手背上閉上眼，想著剛剛和趙致風的所有對話。

現在情緒緩和了些，理智好像也恢復了一點，我終於可以更冷靜地想清楚這一切。

剛剛，我還真的像極了無理取鬧的瘋婆子，粉絲團照片的事情顯然他也不知道，我卻機關槍一樣地劈里啪啦罵個不停，好像把不知道該到哪裡表達不開心的無奈與憤怒，完完全全地發洩在他身上，甚至，還把那個下雨天的不愉快一起牽扯進來，胡亂地罵了一大堆。

要是我是趙致風，肯定會被這樣的李芯微嚇傻，還有可能會氣到完全不想理會這些無聊行徑吧？

我嘆了一口氣，很氣一向理性的自己為什麼失控到這樣可怕的地步，想著，突然覺得好生氣又好難過，再次無奈地掉下了眼淚。

我想起剛剛我在發神經的時候，他溫柔地抱住我的情景。

當時的他，心裡想了什麼呢？是不是覺得眼前這個女孩怎麼這麼討厭？可是他覺得討厭的話，又為什麼要抱住我？

唉，李芯微，妳想得再多也找不到答案，妳再怎麼猜也猜不到答案，再說，妳已經在自己喜歡的人面前丟盡了臉，就算再怎麼樣找出了答案，也無法讓時光倒回，回到失控前那個片刻。

這也許又是一段還沒開始就要結束的暗戀了吧。

我坐直了身子，雙手交握著，暗自在心中猶豫是不是該傳個訊息道歉，於是我拿出手機，最後決定打開通訊程式，找到了他的對話視窗，迅速地打了兩個字，「抱歉。」

訊息傳出後，我一直盯著螢幕大約五分鐘之久，訊息一直沒有顯示「已讀」，當然別說是他的回訊。

我有點失望，打開剛剛的網頁，想看看那篇文章還在不在。幸好，粉絲團的頁面已經找不到那篇圖文，最新的一則已經是前幾天的發文。

看到文章已經刪除，我心中的大石稍稍放下，雖然我很清楚，很多人已經看見那個貼文，但是刪除總比繼續把文章留在粉絲團上頭來得好多了。

「丟臉丟死了。」

「還好啦。」靜薤揮揮手，帶著不在意的笑容，「這樣他才知道妳多在意這件事情啊！也才知道原來李芯微這麼在意趙致風。」

「靜薤，在他面前又吼又叫又哭的，真的很丟臉。」

「但他也沒生氣，只是更冷靜地想解釋清楚，而且還溫柔地抱住妳，天呀！也太浪漫了。」

我瞪了靜蕥一眼，「這不是重點。」

「這完全是重點啊！」

「這算是什麼重點？」

「重點是，他真的不是一個虛有其表的好男孩，妳都已經無理取鬧成這樣，他竟然一點也沒發怒，反而更溫柔地對待妳。」

我想了想，當時趙致風臉上確實好像看不出任何不高興，只是淡然地想解釋清楚，還有一點點擔心，「好像是這樣……」

「而且，他還體貼到叫了計程車陪妳一起回來，再自己走回學校耶！」靜蕥搖了搖頭，然後拿出手機，很快地打開網頁瀏覽，「還有妳說，粉絲團已經馬上刪除那篇文章了，可見他真的很在意答應妳的事情。」

「被我這樣胡亂大罵，要不在意也很難吧？」我吐了一大口氣，看她似乎在瀏覽粉絲團，我補充說明，「那文章是刪掉了，不過我剛剛還是看到有人另外發文詢問是不是刪了今天最新的文章，還是有一些討論。」

「就冷處理，管他的。」靜蕥伸出食指，在我眼前晃呀晃，「文章的事情就先別管，回到剛剛的話題，總之，他要是真的不在意妳，哪會管妳說什麼？根據我的直覺以及我的觀察，他真的很在意妳。」

「是嗎？」

「也許不是在意而已，也許他就像妳喜歡他一樣喜歡妳。」

「不可能。」

「可能，之前我就這麼覺得了，現在更是這樣覺得。」

「就算原本有一點好感，現在應該也嚇壞了吧。」我苦笑了一下，雖然現在不敢再去亂猜測什麼，但是老實說，再次聽到靜薤這麼篤定地說出這些話，我心裡好像真的有一點點喜悅。

只是，這又有什麼用？就算曾經滿有好感，但是經過今天這樣的「恐怖事件」，他也許已經對我的行為大打折扣了吧？

「那也不一定啊。」

「靜薤，我覺得自己好糟糕，怎麼會失控得這麼可笑又丟臉。」

「那是因為在乎他。」

「在乎？」

「嗯，因為在乎，而且在乎的程度很深，連妳都沒察覺到有多深，不然怎麼會連一向理性的妳都這樣失控……」

「可惜，好像在自己終於承認喜歡他的時候搞砸了一切。」

「既然知道自己的感情，既然覺得搞砸了不開心，那就積極把可能屬於自己的愛情追回來啊！」

「談何容易，再說吧！」我嘆了一口氣，然後看見正用手指滑動手機的靜薙，眼神好像突然閃過一絲詭異，還不小心笑了一下，「怎麼了？」

「沒什麼，」靜薙抿抿嘴，表情非常神祕，隨即換上認真的表情，「為了自己的愛情積極一次，有什麼好為難的？」

「再說吧。」

「好啦！我先回房間囉！」

「這麼快？」

「因為我最好的朋友情緒看起來已經穩定多了，所以我要回房間陪我親愛的男朋友啦！」

「學長在這？」我吃驚地問，突然覺得耽誤他們相處的時間很不好意思。

「嗯，我先走囉！」

「快去吧！靜薙，謝謝妳，有妳真好！」

「客氣什麼啊！」靜薙站起身走到門邊，打開門，然後轉身看我，「小微，有空可以去再去粉絲團看看啊，說不定，事情根本沒妳想得這麼嚴重。」

我搖搖頭，「不要，我不想再看到其他人討論刪掉的那篇文章或說些有的沒有的話。」

「那有什麼關係？」靜薙挑挑眉，「搞不好也有人覺得你們有夫妻臉之類的啊。」

「最好是。」我皺皺鼻子，假裝無奈地揮揮手，「妳快去吧！」

靜薙離開後，我又開始胡思亂想起來，當然仍舊十分後悔，現在想來，真的還是覺得自己確實像個失控的瘋子。

對於我剛剛寫了「抱歉」的訊息，他一直沒回應，雖然他說過他有一個重要的球隊會議要開，可能因為是這樣才沒有看到訊息，但不知怎麼的，好像沒有得到他的回應我就無法真正放心下來。

雖然他似乎沒有生氣，但回想起他當時臉上的無奈與嚴肅，我的心裡也就更過意不去了。

如果他不原諒我，我是不是應該說更多次抱歉？但是如果我說了很多次抱歉，他還是不願意原諒我呢？我是不是就失去了他這個朋友，甚至……我還沒開始的愛情也失去了萌芽的機會？

李芯微，妳搞砸了這一切。

想到這裡，我發現此時此刻我是真的很難過，也進一步發現真的很後悔剛剛的所作所為。

我拿起手機，在通話選單裡找到趙致風的電話，深深地吸了一口氣，心跳得好快好快，但是我還是按了撥號。

「喂！」

「喂……你還在開會嗎？」

「已經結束了，正要離開。」

「喔。」

「怎麼了？」

「我想跟你說，」我停頓了一會兒，「今天的事真的很……」

「等我一下！」

「嗯？」

「我去找妳。」他的聲音很溫柔，「到時候再說。」

「可是……」

「我要騎機車了，到了再給妳電話。」

「喔，那你騎車注意安全。」

「會的，對了！記得多穿一點。」

「多穿一點？」

「我帶妳去上次說的祕密基地。」

「好美。」站在高高的小丘上，站在他身邊，我望向山底下的點點燈火，然後再望向掛在一片漆黑夜空的星星。

「這個祕密基地很不賴吧？」他伸手拉了我一下，要我跟他一起靠坐在一塊大石頭旁。

「嗯，可惜上一次竟然下雨了。」我看了他一眼，再看著眼前的美景，突然想到剛剛想對他說的抱歉，「趙致風……」

「嗯？」

「今天的事情，對不起。」

「我沒生氣。」

「騙人。」我皺皺鼻子，「我像瘋了一樣罵你，根本是標準的遷怒，你怎麼可能不生氣？」

他給了我一個溫柔的笑容，「我真的沒生氣，但我很在意。」

「一定會在意的，因為你完全沒有義務聽我吼這些，粉絲團的文章不是你貼的，而且你根本也還不知道那件事，我卻劈里啪啦地罵了你一大堆。你前女友的事雖然我很在意，但是跟粉絲團這件事情一點關係也沒有，我卻也牽扯進來，我為我可笑又幼稚的行為向你道歉。」一口氣說完這些話，心情輕鬆許多，當然覺得輕鬆的原因不只是因為自己坦白，其實還因為，他看起來真的好像沒有我想像中那麼不高興。

「為什麼妳的表情看起來，像是好不容易考完了期中考。」他帶著微笑，用很溫柔的眼神看著我。

「我原本以為你會因此生氣很久，我以為你會不想原諒我，以為你再也不會想跟我當朋友了。」

「妳的三個『以為』，只對了一個。」

「嗯？」

「我真的不想跟妳當朋友了。」他聳聳肩，目光從我臉上移到前方，「因為我發現這樣……妳會很累。」

「趙致風？如果你真的在意，我可以再說多一點對不起，或者你要我怎麼賠罪都可以，我……」

我的話還沒說完，他就將手輕輕地放在我的肩上，然後將他的唇吻上了我的。

他的嘴唇柔軟得讓我覺得好溫暖，溫暖得讓我腦子空白了好幾秒，直到他的唇離開了我的唇，他才用手輕輕撥開我的劉海，將我的頭髮勾在耳後，「不想當朋友是因為我要妳當我的女朋友。」

「趙致風？」我帶著滿心的疑惑，看著眼神十分溫柔的他。

「上一次就想告訴妳的，只是卻下了那場大雨。」

我看著他，兩個人的距離好靠近，近到我幾乎覺得自己的心臟就快跳出來，「你是說……告白嗎？」

「嗯，告白。」他扶著我的肩，用低沉的嗓音說著，然後又親了我的額頭，「傍晚我跟靜薤聊過。」

「靜薤？」

他點點頭，「她真的是一個不可多得的好朋友。」

「當然。」

「她提到妳的不積極，提到了妳的擔心，提到了很多很多妳在愛情裡的膽怯，還有因為我是趙致風才使妳更沒有自信，所以我剛剛說我在意的，其實是這個。」

聽著，想到我的好朋友，以及眼前這個我喜歡的男孩，我的眼眶突然好熱好熱，「你們……」

「她提到希望妳可以積極一點，但是我覺得，我喜歡的就是這樣的妳，妳不積極，我積極就行了，妳退一步，我往前一步就行了，妳生氣，我笑嘻嘻地陪妳就行了，我……」

這一次，是我沒讓他把話說完，輕輕地吻住了他。

他的手放在我的頸項，然後慢慢地撫過我的背、我的肩，將他的吻延續到我耳邊，才用他低沉的嗓音說話，「李小微，我喜歡妳，真的。」

「這不是夢吧？」我看著眼前美得冒泡的夜景，感受手掌心傳來他的溫度。

「當然不是。」他將我的手握得更緊了些，「其實那天原本就想帶妳來的，沒想到下了那場大雨不打緊，連著幾天又很忙，當中還發生了那兩個小插曲。」

「嗯？」

「粉絲團的貼文，還有前女友的事，都必須向妳解釋清楚。」

「解釋什麼？」

「今天看妳這麼不高興，我後來也去找了喬磬，問了好久才問出那天晚上她接了妳的來電，還刪除通話紀錄。」他嘆一口氣，「在妳住處時，我告訴妳我不會去找她是認真的，因為已經確定自己喜歡妳，我怎麼可以又這樣去找其他的女孩呢？」

「可是她當時應該真的很怕停電……」

「就算再怕，就算我有那麼一點點擔心，但是既然我喜歡妳，就不該做出任何會讓妳懷疑不安的事。」

「可是為什麼你還是去找她？我以為你騙我，雖然當時我也沒有立場……」

「那是因為她們等了好久，還是一直處於停電的狀態，她們就去找和我住在同一棟的隊友，後來我回到住處，大家才在一起聊天的。」

聽了他的解釋，我突然覺得自己真的很糟糕，「對不起，我真的不知道為什麼會這麼不高興。」

「沒關係，現在說開了，就沒事了。」他撥弄著我的髮絲，「粉絲團的事，我如果一開始就知道的話，一定不會讓經理貼上那篇文章的，不過後來她希望我代她向妳道歉，她並沒有什麼意思。」

我點點頭，「都是我自己啦！脾氣這麼差的女朋友，你還想交往嗎？」

「想。」他湊近我，在我耳邊用氣聲這麼回答，鼻息呼在我的臉上，讓我有一點害羞，還有……心跳又變快了些。

「趙致風……」我伸手拍拍他的臉頰，「我突然想到，為什麼你會喜歡我？」

他放鬆地將臉深深地靠在我的肩，一吸一吐的鼻息呼在我的頸間，「因為感覺對了，而且和妳在一起很自在、很輕鬆，我喜歡妳在我面前不做作的表現，更重要的是，在販賣機前的第一次相遇，我就對妳留下很不一樣的印象。」

「怎麼說？」

「也許是因為妳的笑容，也或許……是因為當時遇到瓶頸的我聽了妳的鼓勵才重新燃起鬥志，每次在籃球場上遇到了挫折，只要想到那時候妳對我的鼓勵，我就會更努力更努力地克服。」他微微地笑了，「沒有當時在販賣機前鼓勵我的女孩，也許就沒有現在的趙小風了。」

「原來，擁有眾多親衛隊的小風學長，也有這樣甘苦的過去。」

「當然，幸好老天爺讓我再次遇見了我生命中那個重要的女孩。」邊說，他原本就握著我的手又握得更緊了。

「也謝謝老天爺讓我可以這樣握著你的手。」

「對了！」他突然坐直了身子，從牛仔褲的口袋裡拿出手機。

「怎麼了？」我納悶地看著他突然玩起手機，打開臉書的應用程式，「你要幹麼？」

他帶著賊賊的笑，快速地按了幾個鍵，然後很快地打了一連串的字，最後上傳，「好了。」

「什麼好了呀？」

「妳也打開妳的臉書看看。」他笑笑的，又神祕地將手機放回牛仔褲口袋，輕輕地摟著我。

「喔……」像個聽話的小孩，我打開了臉書的應用程式，一打開就看見好幾個通知，也看見了自己被標註在某篇文章裡。

謝謝大家，李小微終於答應了我的告白。

這篇文章是籃球校隊粉絲團裡的一則動態。

我仔細滑了滑，突然想起在我住處時，原本在看手機的靜薤突然賊笑起來，瞬間，我終於恍然大悟。

原來，在粉絲團那則讓我生氣的貼文刪除之後，趙致風又以他管理者的身分在粉絲團發文，文章上寫著：

大家好，我是小風。

稍早的文章，完全是個誤會，其實在球場上叫住我的女孩並不是要拿告白信給我，當然也不是要向我告白，事實完全相反，想告白的人，是我趙致風。

因為我已經喜歡上那個名叫李芯微的女孩。

今天晚上，我要向她告白，讓她知道她是我最最最最喜歡的女孩。

請大家幫我加油，祈禱那個女孩答應當我的女朋友。

我往下滑動，隨意看了一百多則留言中的幾則，眼眶熱熱的，不小心落下眼淚。

「趙致風……」

「傻瓜。」他溫柔地笑了，「生氣也哭，感動也哭……」

「謝謝你，我真的好喜歡你。」

「以後千萬不可以沒自信，因為妳永遠是趙致風最可愛、最可愛的女朋友。」

「嗯……」我點點頭，讓他用修長的手指幫我擦掉眼淚，然後我閉上眼睛，微微地仰起頭，等待他即將落在我唇上的吻。

【全文完】

國家圖書館出版品預行編目資料

思念是最美好的憂傷／Micat 著. -- 初版. -- 臺北市：
商周出版：家庭傳媒城邦分公司發行, 民104.2
面；　公分. --（網路小說；241）
ISBN 978-986-272-743-0（平裝）

857.7　　　104000504

思念是最美好的憂傷

作　　者／Micat
企畫選書人／陳思帆
責任編輯／陳思帆

版　　權／翁靜如
行銷業務／李衍逸、黃崇華
總 編 輯／楊如玉
總 經 理／彭之琬
發 行 人／何飛鵬
法律顧問／台英國際商務法律事務所　羅明通律師
出　　版／商周出版
城邦文化事業股份有限公司
台北市民生東路二段 141 號 9 樓
電話：(02) 25007008　傳真：(02) 25007759
Blog：http://bwp25007008.pixnet.net/blog
E-mail：bwp.service@cite.com.tw
發　　行／英屬蓋曼群島商家庭傳媒股份有限公司城邦分公司
台北市民生東路二段 141 號 2 樓
書虫客服服務專線：(02) 25007718、(02) 25007719
服務時間：週一至週五上午09:30-12:00；下午13:30-17:00
24 小時傳真專線：(02) 25001990、(02) 25001991
劃撥帳號：19863813；戶名：書虫股份有限公司
讀者服務信箱：service@readingclub.com.tw
城邦讀書花園：www.cite.com.tw
香港發行所／城邦（香港）出版集團有限公司
香港灣仔駱克道193號東超商業中心1樓
E-mail：hkcite@biznetvigator.com
電話：(852)25086231　傳真：(852) 25789337
馬新發行所／城邦（馬新）出版集團【Cité (M) Sdn. Bhd.】
41, Jalan Radin Anum, Bandar Baru Sri Petaling,
57000 Kuala Lumpur, Malaysia.
Tel: (603) 90578822　Fax:(603) 90576622
email:cite@cite.com.my

封面設計／黃聖文
版型設計／小題大作
排　　版／新鑫電腦排版工作室
印　　刷／高典印刷有限公司
總 經 銷／高見文化行銷股份有限公司
電話：(02) 26689005　傳真：(02) 26689790
客服專線：0800-055-365

■ 2015 年 1 月 29 日初版 1 刷
Printed in Taiwan
城邦讀書花園 www.cite.com.tw

定價200元

ISBN　978-986-272-743-0

廣　告　回
北區郵政管理登記
台北廣字第00079
郵資已付，免貼郵

104台北市民生東路二段141號2樓

英屬蓋曼群島商家庭傳媒股份有限公司　城邦分公

請沿虛線對摺，謝謝！

書號：BX4241	**書名**：思念是最美好的憂傷	**編碼**：

請於此處用膠水黏貼

商周出版

讀者回函卡

感謝您購買我們出版的書籍！請費心填寫此回函卡，我們將不定期寄上城邦集團最新的出版訊息。

不定期好禮相贈！
立即加入：商周出版 Facebook 粉絲團

姓名：＿＿＿＿＿＿＿＿ 性別：☐男 ☐女

生日：西元＿＿＿＿年＿＿＿＿月＿＿＿＿日

地址：＿＿＿＿＿＿＿＿

聯絡電話：＿＿＿＿＿＿＿＿ 傳真：＿＿＿＿＿＿＿＿

E-mail：

學歷：☐ 1. 小學 ☐ 2. 國中 ☐ 3. 高中 ☐ 4. 大學 ☐ 5. 研究所以上

職業：☐ 1. 學生 ☐ 2. 軍公教 ☐ 3. 服務 ☐ 4. 金融 ☐ 5. 製造 ☐ 6. 資訊
☐ 7. 傳播 ☐ 8. 自由業 ☐ 9. 農漁牧 ☐ 10. 家管 ☐ 11. 退休
☐ 12. 其他＿＿＿＿＿＿＿＿

您從何種方式得知本書消息？
☐ 1. 書店 ☐ 2. 網路 ☐ 3. 報紙 ☐ 4. 雜誌 ☐ 5. 廣播 ☐ 6. 電視
☐ 7. 親友推薦 ☐ 8. 其他＿＿＿＿＿＿＿＿

您通常以何種方式購書？
☐ 1. 書店 ☐ 2. 網路 ☐ 3. 傳真訂購 ☐ 4. 郵局劃撥 ☐ 5. 其他＿＿＿＿

您喜歡閱讀那些類別的書籍？
☐ 1. 財經商業 ☐ 2. 自然科學 ☐ 3. 歷史 ☐ 4. 法律 ☐ 5. 文學
☐ 6. 休閒旅遊 ☐ 7. 小說 ☐ 8. 人物傳記 ☐ 9. 生活、勵志 ☐ 10. 其他

對我們的建議：＿＿＿＿＿＿＿＿

【為提供訂購、行銷、客戶管理或其他合於營業登記項目或章程所定業務之目的，城邦出版人集團（即英屬蓋曼群島商家庭傳媒（股）公司城邦分公司、城邦文化事業（股）公司），於本集團之營運期間及地區內，將以電郵、傳真、電話、簡訊、郵寄或其他公告方式利用您提供之資料（資料類別：C001、C002、C003、C011 等）。利用對象除本集團外，亦可能包括相關服務的協力機構。如您有依個資法第三條或其他需服務之處，得致電本公司客服中心電話 02-25007718 請求協助。相關資料如為非必要項目，不提供亦不影響您的權益。】

1.C001 辨識個人者：如消費者之姓名、地址、電話、電子郵件等資訊。
2.C002 辨識財務者：如信用卡或轉帳帳戶資訊。
3.C003 政府資料中之辨識者：如身分證字號或護照號碼（外國人）。
4.C011 個人描述：如性別、國籍、出生年月日。

請於此處用膠水黏貼